單讀

单读新书 003

《候场》

單讀
在宽阔的世界,做一个不狭隘的人

新浪微博:@单读

豆瓣:单读　　b站:单读视频

扫码关注 单读 微信公众号

候场

李诞 著

上海文艺出版社

哦,不言而喻,像这样说话,作这样的自供,一生中只能有一次——例如临刑前登上断头台的时候。

——《卡拉马佐夫兄弟》

什么都没有发生,还来了两次!

——《等待戈多》首演后一位评论家的评语

一

早上六点半无法入睡我在想这篇小说该怎么开头：我并无兴趣写一部小说。

我是怎么开始写小说的？

完全是误会。

我爱写的东西从头开始，从有了光那时候开始就不是小说。我喜欢写话，写话有话接，写人头顶着头把舌头磨烂，写咒语。

为什么要写小说呢？为什么要在早上六点半开始写自己呢？我有这个需求么？

也不能说没有，我如果真能过上最幸福的那种日子：总有酒喝，总有人跟我说话，我就不写任何一个字了。

我想起来了，我最早写东西不就是为了有酒喝，有人听我说话吗，还有跟我睡觉。

最后第一项和第三项因为太容易满足已经显得不那么重要了。

命运的安排是，我现在的工作就是说话，正经工作——有成千上万的人听我说话，我要是愿意，还可以以从两千到八十不等的票价聚集几千人听我说话，在一个大剧场里，在一个黑洞里，VIP票还送合影，甚至，还总有人声称听完受到了某种启发——谁启发启发我啊。

我碰上的很多问题，都靠玩笑，一个梗（有文化的人说一个"哏"，可惜总强调该是一个"哏"不是一个"梗"，又显得挺没文化），一笑了之了，滑过去了，事儿其实还在。难受也还在，这难受算谁的呢？

谁爱开玩笑算谁的。

所以要写小说，可能就是把这些不能一笑了之的，滑不过去的写下来。就是把在那个世界说不出来的，在这个世界说出来。

考虑到我极有可能暴露大量隐私，而这本书一定会被我的同事，合作伙伴，前世仇人，秘密同党，陌生观众看到——我决定保证诚实，最诚实的那种，不该说的也说出来——绝对的诚实带来绝对的安全。就算什么都不带来，人也该诚实。

众所周知诚实的尽头是不道德的，人总是不道德的，这是留给后面的难题。

我要先说说我为什么在这一夜决定把一切说出来，主要原因是我的身体出了一个毛病，我现在还不能告诉你们，出于小说的目的要留有悬念，不然你们看不下去。而且老实讲，跟我的其他毛病比起来这完全不是事儿，几乎没人注意到，我自己都不在意，连我自己都更在意我那些其他的，热闹的，大家天天看着，讨论的毛病。我就先说其他的。

这本书我目前的想法是分成几部分,每部分都以一次漫长的谈话为核心——我就说了我不爱写小说,我喜欢写话,我就痛痛快快地写话,都是我说过的我听来的我没来得及说我将来要说的——我一次说完。我为啥非要写故事呢,为啥要编造人物呢,为啥要把说不清道不明的劲儿编排出来呢。我就直说,我就说出来不行吗?以我对文学的了解,这么干,副作用是,会形成一种新的说不清道不明。这世界真没道理讲。

书最前面学外国作家毛病放的莫名其妙的引语就是这个意思——这一生我就坦白这一次把往后几十年的隐私也一并交代。

据我的英语老师——一位研究神学的基督徒——说,耶稣上十字架就是在那一刻把全人类的罪都赎了,此前此后的。但他教我一般现在时的时候又说,时间是线性直至永恒的,"人在永恒中说话,就用一般现在时,I like apple,意思是我喜欢苹果,我永恒喜欢苹果,我说这话的时候是一种永恒意义上的喜欢"。

我说,"苹果的事先放一放,我想知道时间是线性的,那十字架上的那位是怎么把我这个两千多年以后的小线头儿的小罪也全赎了的呢？"

"因为他是耶稣，你求告，他必听闻。你的罪，也是我的罪，是我们身为人类的罪，绝非小罪。"

"So，we are sin。"

"发音准确，语法对，但神学意义上应该说，we are sinners。"

我说，"所以，在一般现在时上，我们有罪。"

"是的，我们有罪。"

我说，"就是说，得等将来，你上了天堂才能用过去时描述这一切，是这意思吗？"

"是这意思，如果我信念足够，我交了账，我有福的话。"

我觉得耶稣这种否定自己定下的时间观的做法很了不得，值得学习，那个老外们常问自己的问题其实有标准答案：

What would Jesus do？去向未来索罪。

关于求告，我后来其实有，常常不知在向谁求告，我称为天上的那位我不信的朋友，这占便宜的事后面讲。

我想首先表明一个态度：我假定你们都认识我。

不认识我就搜一下作者简介，不是编的，看着虽然像有些没出息的人会编的名头，但我觉得这些说出来已经很丢人了：我是个中国内地男艺人，红的时候是男明星，将来不红了叫过气男明星——这种侮辱就是在你接受它给你的好时注定了的。我是说脱口秀（有人坚称这翻译错了，这些人就是前面坚持"梗"应该写"哏"的人，快饶了我吧为了这么个破东西争起宠来了）的，跑综艺节目的，打广告的，出声儿的。我同时是个不会爱人又总被人爱的，心里老不清楚的……这些非社会身份以后再交代，人跟人打招呼只能先介绍那些其实不用提别人也知道的部分。

我在一家做喜剧的公司有 5% 左右的股份，如果公司上市，which is 不大可能，这些股份将为我提供一种号称自由的生活。有多自由呢？我最开始像很多人一样，希冀那许给我的自由必会洗刷我此刻每出场就要冠在自己名字前面那些臭水沟里捞出来的还居然有人嫉妒的定语带给我的痛苦。

这语法我英语老师看了要叹息但挑不出毛病。

更傻的是，我的名字，我假定你们都知道的这个，也不是我真名。

如果人生真是台湾人说的那样是一场修行，这个名字就是我的法号。一个已经挺值钱但还在等待5%这个数字变得更有意义后将会变得更值钱的法号。

第一部分不如就讲讲我是怎么干上这个的，这我也假定是读者最好奇的，却对我的人生来说是连5%、0.5%都占不到的小事，小线头儿。

我要再说说这本书的一些观看方法，我肯定无意写自传虽然据我很喜爱的多位作家表示，人只能书写自己——我补一句，人确实只能书写自己，但只能以小说的形式来写。自传全是假话,日记首先骗自己,小说将把真相不受控制地显现在虚构中,越想藏,越不受控制说,最后没谈到的,藏在字缝里的,别人就都看去了。你们小时候玩过一种涂画本吗,就是白纸一张,你拿铅笔涂啊涂,最终出来一幅画。乱涂就是写小说的过程,没有一笔在画,最终显出来的那幅画就是我,或者比我更大——是真实。伟大的小说家就是涂完之后那幅画你能看到真实,属于全人类。我就算了,我使劲涂,在这幅画里,我尽量让你看到我就行了,也许再多一点——也让你看到你。

那小说里将要给出的,我干上这个的理由,与我在现实中接受采访时所给的理由按说必然要有所不同。可惜啊可惜,第一招我就出错了,我接受了太多媒体采访,说了很多次:就是为了钱。就这个理由。

最不需要分析的理由就是这个,这是冰山的小角,说出来的就是你看见的,没隐瞒过。那水下还有别的理由吗,非要有的话也有。

你说冰山是什么呢?我有时怀疑,冰山是不存在的,或者说,是先有冰山一角,再有的冰山。我们活着本来明明白白，就是那么白白硬硬的一个角，漂在茫茫海上，没有帮扶，没有去处，存在也没有更深的理由，反射着阳光没道理。结果被人问了，被自己问了，看着大海实在慌了，就要琢磨，要解释，漫漫一生开始向下长出一座其实无法对人谈起的冰山。这后来的冰山撑住那先在的一角，觉得踏实了？

爱信不信吧，我就是为了钱，就是为了跑路之前有所积累。我总觉得我要离开，不光去哪不知道，是要从哪离开我也说不清楚。我能知道的是，当我终于鼓足勇气要离开的时候，必然要向我离开的时空交一大笔罚款，这罚款如果都能用钱支付已经可说是幸福的半生了。很有可能攒多少都不够，按照我对命运的了解，以它的幽默感，要收的罚款一定是不多不少就比你攒的多一分钱。

或者我该这么想：当我真知道要从哪离开并能离开且居然还知道要去哪的时候，也就根本不用交罚款了，都是白攒。觉知是免费的。这样更幽默了。

还有更悲哀的情况——也就是更接近真实的情况——就是我根本不知道为什么干上了这个，正如我不能真的知道我为什么干了任何事，理性给出的理由都是后找的。

我开始干这个的时候，十分，非常，瞧不起这个工作。我当时是在一家电视台工作。

在那时我幼稚的认识里电视是一种器官，是一部分人冲另一部分人施压，另一部分人又向另一部分人卖好儿的一种器官，那二维的屏幕早就有癌。

给电视台工作是极不体面的。

隔着屏幕跟人说话是骗子所为。

出入大门需要看保安脸色是生而为人的大悲剧。

我对这份工作、所有工作的厌恶，真实原因可能就是上面说的这最后一条，就是怕保安，怕保安不给我留任何面子——不给任何人留面子是保安的工作本质，我后来开公司招聘各种意义上的保安也当然提出同样的要求——提出这种要求又让我的人格再次受到了损害以一种不易察觉的方式——一旦察觉加倍受辱。

所以前面那些关于电视，带有明显知识分子色彩的观点（就是跟人家学来的），就是我在这件事上后来长出来的冰山，在其他时候，如果我要为电视辩护我还有另外的冰山可以用。真实的原因就是进机关单位大门受过的保安刁难，那真真正正结结实实每个人都能调动出类似回忆的冰山一角，才是让人抗拒工作的真原因——觉得抗拒工作太过懦弱无法接受，还要再编出理由抗拒电视，说自己是抗拒一种概念，抗拒再抗拒，一座冰山长出来，觉得自己踏实了？

为了避免误会，我先把大概十年前，我开始给电视台写段子、做节目时所持的心情写出来，方便你慢慢了解我是个什么人。

我的想法就是赶紧赚点钱，然后就去找人喝酒，找人说话，找人睡觉——就这么点追求——我告诉你，我这点儿追求比什么"拿一个电视台的编制成为明星做一档深受全国人民喜爱的节目总能给当代年轻人带来点儿启发满嘴值得摘抄记录的金句我还能影响中国影响世界"这类的追求，高级、高尚、单纯一万倍。这简简单单的被人一再忽视的真相，正是冰山的小角。

双引号里那些都是尿，而我是最凉最凉的凉啤酒。

因为时间是线性的,我也瞒不住聪明的读者,十年后,我这杯最凉最凉的啤酒,变出了好多好多温乎乎的尿。I am piss——永恒意义上。

最开始,当时我供稿那节目的制片人,老利,找到我俩,非常自信地说,"嗟!来!给你俩弄来了编制。"

我俩都感到受了侮辱,为什么我俩这种冰清玉洁的人,会让人觉得我们想要电视台的编制?你们有癌症你不知道吗?你们门口有保安你不知道吗?"编制"这个词跟我们的人生就不搭你知道吗?

这里突然蹦出来的另一个与我组成"我俩"的,是世上另一杯最凉最凉的凉啤酒,我的干杯之友,王简阳。

我说,"老利,为什么帮我们进台呢?"

老利说,"你们大学也都毕业了,给我工作一直尽心尽力,我也知道你俩都喜欢钱,这是我应该做的,生活多一份保障,我一直说,我不会让跟着我的兄弟吃亏,这编制我找了台里的关系,你们也不用操心,但要低调一点,先别让组里其他同事知道。"

我说,"因为他们也都是跟了你几年的兄弟,但有了编制你先给了我俩。"

老利说,"工作,我们肯定是既要讲感情,又要讲实际产出。"

我说,"利老师,不用为了我俩为难,编制还是给他们吧。"

老利说,"我能安排,你不用操心。"

我说,"我们不是操心,我们不想签这个合约,不想要这个编制。"

老利,?

我说,"你不用摆出疑惑的表情,我俩不愿意签任何合约不是针对你。"

老利说,"为啥?"

我说,"你也不用疑惑地发问,我俩也不知道为啥,我们明明爱钱，经常跟你三百五百的稿费掰扯，我俩还拿路上捡的发票报销你也知道但没问过，我俩一个胖一个瘦，一个爱喝酒另一个更爱喝酒，一个想回内蒙古看天一个想回东北打游戏，一个不知道明天要干吗另一个甚至不知道今天要干吗。我俩只知道不愿意把名字写在任何合约上，明明那合约据说对我们有利，按照你们的观点其他同事的观点父母的观点，它肯定对我们有利，而且在无利的时候就能依照劳动合同法对受雇方的保护解除（这我其实深表怀疑，合同能解除人情能解除吗？特此提醒一下将要签任何一份合同的年轻人，慎重），可我们还是不想签！"

老利。

我说，"对你不用说话。你的疑惑也是我俩的疑惑，我们就是觉得签了合约就不能拔腿就走了。我们的人生需要保留拔腿就走的幻想，虽然我们根本不知道要去哪，也不知道是从哪离开。幻想总可以保留吧？"

老利带着疑惑离开了，那是从我们身上收到的疑惑，可能也唤醒了他心里早有却在他较长的制片人社会身份中逐渐忘掉的那份有害的疑惑。我这么说不是全无凭据，他四十多了，抽雪茄喝红酒爱自拍爱遛狗，常年西装三件套上面口袋插方巾，别人送的礼物他要挑剔，他送别人礼物他要解说，就这么一个土字成精的中年男性，有将近十年的微信名字都叫一半精灵族。要不是以后上市敲钟还要见面，我真想把他照片放这儿让你们看看，猜猜，到底哪一半是精灵族。

我就是因为他这个名字，觉得他心里必有疑惑，也想过要离开，所以才愿意一直给他打工——我常劝公司同事的话是，老利是傻逼，但他是一个我们熟悉的傻逼，他不是坏人啊，一个一半是精灵族的人能坏到哪去？

后来他就是我们那家等着上市号称打造中国脱口秀帝国、喜剧迪士尼的公司的董事长，股份有30%，不难猜到，对上市的钟声他比我着急多了。着急，却从不表现，天天依然是雪茄红酒遛狗，挑剔别人，解释自己，这是另一个为什么我觉得他傻，但不是坏人的原因，甚至还有点浪漫。他跟很多人比起来都算得上是个好人。

老利，你应该也会读这本书，虽然为了小说我改了你的名字，虽然完全不懂文学的你曾经还在文学上试图指点过我写的东西被我冷语相向，但这本书你肯定还是会读并且继续挑剔,那我既然在开头承诺了必要诚实,我此处就诚实地对你说:你的麻烦就是该势利的时候浪漫,该浪漫的时候势利,一半精灵族,你总是在用错的那一半应付世界。

如果按照标准手法,我这里很轻松就可以把老利塑造成一个充满缺点但底色善良的蠢老板,作为一个喜剧角色出现,谁也不得罪,你们看着也轻松。可惜我说好了要诚实,所以,我会比较少提到他,因为他在我的人生中,在这部小说的线性里,实在不重要,因为,这份工作对我来说真的不重要。

我把李诞拒绝编制一事写出来的目的,是希望你们对我的性格有个正确认识,用萨拉马戈的话说:人很复杂,他会拒绝这样的条件,后来又去做那些勾当,并不矛盾,你很难说清李诞到底爱不爱钱。他又到底爱不爱人呢?

我在想,死去的人就是死了(我们都暂且相信科学忘掉佛祖和基督和老天爷),无法说话,没法告诉我们他们为什么死了,只能是活人分析,活人提出见解如何避免死,这合理吗?我们只会一遍一遍地犯错。

别说死人了，失败者的话都很少有人听有人看，悲剧往往只有是编出来的才发人深省，真实发生的悲剧总要想尽办法变成喜剧——因为人承受不了。

我将要作为一个失败的成功者，或者一个成功的失败者，把我的经验告诉你们。类似我这样的人，靠说话为生，靠别人看才活的人，都不愿意说失败的经验——失败也是为了更大的胜利！

而我想让你们知道，不是这样的，以我为例，很多成功的失败者失败的成功者脑子都出了问题，心都出了问题。为何不说出来呢？喊出来的，哭出来的，怨的，那是很多很多，卧室里叫屈的比在监狱里还多。可是能说出来的，能够像个人类一样，对得起进化出来的语言能力慢慢说的，慢慢说一本书这么长还不害羞的，只有我。我这辈子恐怕只能勇敢这一次了。

我说老利在我的人生中不重要，那谁在我的人生中重要呢？谁在你的人生中重要呢？你的人生重要吗？这些就是我凉啤酒阶段最爱想的问题。脑袋坏掉了，起泡了，利尿剂含量超标了。

我人生的凉啤酒时期持续了很长,明确结束在哪一刻呢,可能是我第一本书出版,我第一次上台录制,我结婚——结婚应该是后果不是标志,最有可能的一刻,就是我去说服真正热爱脱口秀的朋友签进这家公司,而当时我根本毫无热爱我就是在骗人。

那天挺有意思的,我的朋友,世上另一杯最凉最凉的凉啤酒,王简阳,正陷入一种,简单说,想死的愁绪。

我俩有几年都在汉庭酒店住,给电视台打工。后来我老在女的家过夜,就剩他一个人了,那天他特地叫我去跟他住,他说,"我跟你唠唠。"

根本就唠不明白,我的朋友王简阳是盘蚊香,是陀螺,是往坟地钻的冲击钻,是南半球顺时针北半球逆时针的抽水马桶漩涡,是没有主心骨的银河系。

他唠,"我赚够三十万就回东北。"

"可是我为啥要回东北,我想死。"

"我要是回东北我现在就能回,我也用不了

三十万。"

"我现在要是回去了,我非死不可,那就真没人救我了,老李你说句话。"

他恨生活,想回东北是因为那儿已经没有任何希望却还保留很多温情回忆——幻觉可不只能用于将来时,他打算在那时空错乱中过一种他最喜欢的漫画里黑白男儿般的血泪生活:躲在屋子里,等死。

我唠,"你看过梵高的这幅画没有。"

我翻出一个小人儿,戴着帽子,没有面目,站在海边,插着兜,海堆在他身后。

他唠,"没有。"

我唠,"你看他是潇洒呢还是想死呢,还是就是憋尿了。"

他唠,"不用有梗。"

我唠,"那你看他是潇洒呢还是想死呢?"

他唠,"我现在看他是想死,心情好了看他就是潇洒。"

我唠,"相由心生了呗。"

他唠,"画得真好。"

我唠,"你好好画比梵高强。"

王简阳从小喜欢漫画,梦想是做漫画家。第二梦想是木匠。写他妈的段子是做梦都想不到的事情,跟我一样。

他唠,"你劝我就劝我,不用放屁。"

我唠,"如果你承认相由心生,就要承认心是变动不居的,无所住而生其心,现在想死的心会被这小人儿脚边的大海卷走……"

"又卷回来",他补这句已在我意料之中所以我说,"又那么卷走。"

他拿起了啤酒，抽了口烟。

"又卷回来。"

这不是印刷错误，那愁绪是真的憋了两个回车的长度，又卷回来了。

我手机响，老利电话我，要求我南下深圳与其他几位公司高层一起，说服那里几个相熟的脱口秀演员加入这家目前只有高层的公司。

只有到什么程度呢，连我们面前这个光着膀子被忧郁的渤海湾卷来卷去的王简阳，都是公司高层。

而我们对面的同样光着膀子拿《金刚经》里的话劝人自己其实并无坚实之心的李诞，甚至是要出差的公司高层。

我喝光了啤酒，跟简仔说，"我明天回来，尽量先别死。"

他打开了游戏机，他住酒店常年带着两台非常不便于携带的游戏机,那是蜗牛的壳,或者说是暴风的眼。

飞机上我看着云彩觉得他们是趴在天上的,死在天上了,众云死在天上散在天上,天上有墓。

我旁边坐着我司的CEO,股份10%,老加,我们认识不久,他还比较谨慎地询问,"你没事吧,看你喝多了,要不要睡一下别看云彩了。"

我说,"你为啥要做脱口秀呢?你又不会写你又不会讲,我喝多了就直白地说了:你也不会看。"

他说,"谢谢你的直白这将是我们合作的良好基础,我觉得在中国做这个有机会,你们都很有才华。"

我说,"我们的才华应该干这个吗?"

他说,"也许有更好的用途吗?"

我说,"你甚至都没看过多少脱口秀,我打赌你甚至说不出一个外国干这个的人名来。"

他说，"对，这架飞机上的中国人应该都像我一样，所以啊，这就是商机。"

我当时觉得他说得挺有道理，我也有可能就是在那天墓上变得温了一点，气泡少了一点，不再说话。后来我跟老加成为了不错的朋友，喝过很多很多酒，但我们没人提起过那次天上的对话。

落地后见到了后来是我司重要员工，小说之外的世界大家也算熟悉的几位演员，在一个濒临打烊的店里，我们开始一场我真不知道是图什么的交谈。我心里只担忧着我那位海边的朋友，我有个很奇怪的担忧，如果酒店停电，或者两台游戏机都如有神助地坏了，他今天一定会死。人的死志不可疑，虽然他还一次都没死过。

我在那打烊的店里喝着砂锅粥，说得又快又准又多，我用语言里的含沙量在冲出一个平原。我那天连续说了可能三个小时说服别人的话，没有"然后"，没有"就是说"，没有"嗯啊这个那个"，我的语言没一点沙子，从没有过的干净简洁，我几乎说服了自己。

中途我良心不安——我对在中国做出一个狗屁脱口

秀公司来根本没有一毛钱兴趣，只有很多钱的兴趣，纯粹是为了钱，可是，我要那么多钱干吗呢？我现在回内蒙古也够了。我跟王简阳是朋友是有原因的。

——我良心不安，我这样一个人，凭什么说服眼前这些对此事抱有真爱的人呢？

为了遏制这种不安，我中途几乎说了实话。

我说，"程哥，简单说就这样吧，如果你们真的喜欢做脱口秀，那么这家公司就是中国最好的机会，甚至是唯一的机会。不要管这公司傻不傻逼，老利傻不傻逼，这个事业傻不傻逼，我保证可以赚到钱。赚到了钱，再离开，再自己做纯粹的俱乐部，也不迟，最坏的结果也比你们现在这样坐在一个濒临打烊的店里强，也比你们大半夜的要听三个明显是为利益才说话的人说话强，你们觉得怎么样？"

他们笑了一通，对我的幽默表示了肯定，没有当场答应，但心里已经答应了。第二天，老利将会收到肯定的答复，他却不会想到这肯定的瞬间来自哪里，他只会觉得是他的一半精灵族血统起了作用，是钱起了作用。

其实是真诚。

我很擅长说服,我擅长隔着屏幕,隔着文字告诉你们这个那个,现在通过字说这些,你们愿意听,只有一个原因,那就是真诚。我不欺瞒,我只遗憾。

为了表示真诚,我说话过程中没看过手机,说服结束我去厕所时看到了王简阳发来的图片。

他用酒店的一次性牙膏,在酒店的镜子上临摹了梵高的那幅画。

画得好极了,好极了,好极了。

我几乎哭出来,几乎闻到了牙膏的味道,几乎听到了他说,"怎么样啊?你看他的表情是不是想死?"

二

我回到酒店房间洗澡,水淋到脑袋上的时候已经凌晨四点,你猜我在想什么?我第一个念头是想到马孔多在下雨,我在说了太多为钱驱动的话后居然不要个脸地第一时间去寻求别人幻想出来的地方的安慰,想得到一场来自众多毒贩老巢的雨的宽恕。

第二个念头是我在深圳也有旧相识,应该约出来,聊天,让我获得安慰。

两个念头几乎同时出现,它们带来的内疚也几乎同时出现并快速缠绕在一起,我在对自己的鄙视中独自睡了。那几年,不喝醉的时候,几乎夜夜如是。

李诞的这个毛病是该单独讲讲还是就这么作为角色性格设计的一部分时不时提一嘴,我还没想好。我替李诞说句公道话,这是全人类的毛病。

凉啤酒时期的李诞很像一个人类,就很有这个毛病。现在我结婚了(结婚和单身是一样的不可取的生活,这是一个叫拉金的诗人说的,诗人说这种俏皮话就是人类堕落的开始),这毛病也还在(我要诚实),脑子还是时不时冒出这样的想法。关于这样的想法我是怎么处理的,我如何向我的伴侣坦白,商议,后面再交代,既然说好了要诚实我就不可能隐瞒。

几乎所有哲人圣人文人科学家企业家政治领袖,都说过这句话:对自己诚实。再对比一下所有哲人圣人文人科学家企业家政治领袖有几人做到,就知道这有多难。

当然"做到"是完成时,过去完成时,这是不可能的,人生是一般现在时不是过去完成时,要求什么人"做到"什么事,是苛责,人没有这样生着就去审判人心的权柄。只要存了要做的心,时时提醒自己要对自己诚实,已经是十分了不起的人,已经算得上是一位哲人圣人文人科学家企业家政治领袖,且比他们体面。

为什么一空下来就想找个女的呢,是因为孤独吗,可这曾经解决过一次孤独吗?我想不出有什么知廉耻的解释。我读过的所有科普类图书都教我不用为此自责,人之为人难以避免。人之为人,自责也难以避免。自责之后继续这么干,继续做那错事,也难以避免。最后这个难以避免就是李诞给自己找的借口了。

在人生的某个阶段投入工作,变得专业,无可挽回地变得对社会有用,据称也是一件难以避免的事。

深圳的朋友们加入,公司终于不再只有高层,节目开始筹备,这个那个,我积极参与但不去问自己是否真的感兴趣。

我当时被一种非常有害的思想洗了脑袋,就是要工作,要变得专业,拿了钱就得给人办事,还得办得漂亮!这就是我理解的专业,很简单,我也是这么做的,不是过去完成时,而是现在进行时——现在我也是个专业的人，专业的内地男艺人，专业的 5% 股份持有者，专业的已婚人士，如此专业的一个——男的。

这里我先骗过了自己删掉了一个选项，就是我可以不拿钱啊，不拿钱不就不怕对不起任何人了吗？还伸手拿钱干吗呢？我现在已经有的存款花了吗？知道用处了吗？我不还是半夜不睡觉在这儿打字，电费花几个钱？

这困扰，就是我人生故事的原型，它在最根本的层面困扰着我——英雄出发，英雄却立马变得专业，后面的冒险故事就都没了，英雄回哪儿呢？英雄都不知道自己是哪儿来的。怎么样，坎贝尔老师，我是你读不懂的神话。

这原型是什么样，我到后面再讲，我反对时间的线性，我确知将来我会在回想过去时为现在写下答案。

总之我虽然不爱这行业，不爱老利，不认识老加，但我收了钱，成为了高层，我就履行职责，我就专业，并且我对自己的要求远远高于公司、高于市场，也高于观众对我的要求。我有时觉得自己是在病态中证明自己，因并不知道自己想要的是什么，那就抓住任何一个别人想从我身上得到的东西,做到顶、做到底,做到谁都挑不出毛病来。

然后,自己,一个人,回家,想到,这一切,多荒谬,开始,生闷气。啊。

工作能碰上的问题,例如我们公司很多演员不高兴要解约,导演离职,老加觉得委屈,老利觉得费解,全跟这"专业"有关系。专业的利索体面全在表面,心里都被骗过去了,一掀开还是一团乱。

我们看到一个运动员用十年时间让自己跑得再快零点一秒,一个老头儿靠手能摸出一个旧瓶子是哪朝哪代,一家子日本人三辈子做天妇罗——也就是他妈的炸蔬菜!——我们就激动,就佩服,就说好专业好厉害,神!

这种耗费巨量精神力量和时间的专业,到底有什么价值除了它不容易做到?不容易做到就值得宣扬吗?我从小就不理解把铁棍子磨成针的老太太是怎么想的,不对,我是不理解编出这么个故事来还觉得这故事颇有意义——结果!——还真就有这么多人一代一代拿这故事教育下一代——的人是怎么想的。有时候真想相信阴谋论，我怀疑编这故事的就是上帝本人，目的就是让我们不要乱动。

还有水滴石穿——多悲惨的景象啊，一个永恒的 gif。每次看见这四个字我脑子里首先想到的就是监狱里有个人在墙上画正字。说远了，说回专业。

我看，我们就是因为面对这些专业的人，磨铁棍子的，付出了大部分人付不出的力气，所以集体不好意思了，集体不敢点破了，干脆集体犯坏：那我们就夸，咱们就说专业好，哎呦好得不行了都，所有不信鬼神的人都来信专业吧，磨大铁棍子的人有福了！上午磨铁棍下午就觉悟！咱们让脑子不好的脸皮薄的一腔热血天赋过人可就是不知道该往哪儿使劲儿的人们——都专业去吧！

我就属于听了唬弄的，那几年我就想，干都干了，干到什么时候是个头儿呢？不如就干到中国做脱口秀的里面最专业的一个人，是不是就能知道下一步干吗了？是不是在一个山顶上就能看着山外山了？人生的答案会不会作为奖励，一个精致礼包，出现在专业的尽头，不是总听说日本那种修一辈子椅子的都悟道了吗？

可我很快就做到了，正因为这是如此容易做到，加重了我的怀疑，我做这个干吗呢？山顶呢？这是山吗？本来有山吗？

我承认，我有些时候十分恍惚，会故意做出些不专业的行为，就是这种对自己的否定。有时特别不高兴地拒绝工作要求，比如我最常用的，我从来拒绝早起——这是多么不专业。我其实能早起，可就是要拒绝，拒绝的那一刻可以体会到自己存在。然而这一小小坚持有个悲剧式的结尾：我因为不好意思，导致每次在谈合约前就会礼貌告知对方，如果工作需要早起我就不接了，这导致我又变成了一个专业的人。你们知道更悲剧的是什么吗？他们总是答应你，可以不用早起，结果到了那时候，又来求你，"李诞老师请多多理解，能不能帮帮忙，就早起那么一回？"我，因为，他妈的，专业（这回专业这词又上升一个台阶，不是为了合约，而绝对上升成了一种人性的精神，which is 加倍可悲），往往又会在早上爬起来。那起来的早晨，就是我最恨自己的早晨。而且我还敢打赌告诉你，那些求我早起的人，那些做节目的，没有人真的会感念，他们一早就想好了怎么先答应我再去求我，他们会夸我李诞老师真专业啊！背地笑我是个傻逼，不会当明星。更恶毒的还要说：你看吧，我就知道他不敢不顺着我们的意思来,以为自己是谁啊?更更悲惨的是,我有时在现场想着想着就会发脾气,我为什么要妥协这么多呢?那些人看了更要笑:就知道你不是什么好人。

我做这工作干吗呢?最严重的时候,有时在台上,摄像机开着主持人把话筒递来我就一愣,我在这儿忙什么呢?

有时没有摄像机一个人在家躺着在车上坐着在街上忽然沉入内心,也同样一愣,我究竟来这儿干吗?(提问,这儿指代哪儿?能回答出来的请给我写信,我将供奉你直至死亡将我们分离。)

我后来认识了好多有钱人,好多做其他专业做到了顶的人,真有了不起的,最了不起的是人家都没有什么负罪感,不会因为日子过得好,站得高,就觉得心里有愧。人不是说做了坏事才要有负罪感,我觉得人活着就要有负罪感,反正我有,活得越好就越有,就越觉得对不起谁——谁呢?我看我最对不起的就是自己。

我有个懂经济学的朋友劝我,不是直接劝的,是推荐了我好多经济学的书,企图教我一些简单的原理。市场上只要有人愿意跟你交换,就说明你有价值。你活得越来越好,说明你给别人创造的价值越多,不需要负罪,你简直是善人,既有道德又有情操还有钱还有人会感激你。

这道理安慰过我一段时间,就像专业这个概念能安慰人心——这种道理都是安慰剂、彩玻璃、能让你下来的漂亮台阶,都没解决最后面的那个问题。我的负罪感根本不是这么一回事儿,而且,我不在乎给别人创造价值,我为什么要给别人创造价值,我想要的价值呢?我想要的不是钱不是酒不是有人听我说话不是睡觉,我想要一个人能解释清楚我为什么觉得于心有愧。我为什么活在愧疚里,在负罪里,我想要个解释。市场真那么有效,我怎么付出了所有也交换不到这个解释。

当然我看着别人笑了,喜欢我了,被我激励了,我开心。可那不能解决最根本的那个问题,这些彩玻璃,这些在此一时活得更开心的理由,甚至遮盖了彼一时那最根本的问题。情况对我很不利,对你也一样。

我这本书要写的就是我在这样的状态中起伏,一个台阶又一个台阶,在这么长的一段时间内,要下来了又上去了——都想纵身一跃,都不知道该往哪儿跳,对吧?

就这么难受着,钱一分都没少挣。

李诞这个垃圾。

三

我这状态是什么样呢,在一个同我绝交的朋友说的那句话里最明显不过。

她是学电影的,剪过的一个关于盲人和大海的短片里有句话大概这样说,"你可以向盲人解释大海,他们不理解什么是蓝色,但他们可以理解无尽。"

我挺喜欢她,有段时间,她也挺喜欢我。

这个朋友是怎么没的呢?

有一年多没联系了，忽然给我发个微信，说，"充满爱但你完了，我们就这样吧。"

我说，"哈哈哈，好，昨天居然还梦见了你，太巧了，再见。"

她回，"再见。"

我没撒谎，前一天真的梦见了她，梦里还感到温柔。你说时间是线性的吗？

那天我往上翻我们的聊天记录，再之前的联系是特朗普当选美国总统，他们一帮洛杉矶的大学生，文艺界人士，上街游行，给我拍照片，表达愤慨，发了很多议论。

我回答得很不友好，我可能是感觉到了她想让我也感到同样的愤慨可我真的没有，我可能就是很反感人故意想让我产生和他一样的情绪，我就抵抗，变得很不友好，甚至有时我本来也是有可能产生那样的情绪的，结果由于感到了诱导、煽动，我就生生不产生。

我非常非常不友好地回了一句话。

我说,"你还化了妆呀。"

她显然听出了我的恶意。

她说,"我们现在游行,有个原因就是怕你现在这种对女性的态度将来无所顾忌地蔓延。"

我说,"其实你也知道我这种恶意不是对女性的。"

她说,"我知道,你这种恶意是对所有严肃的人和事,你非要觉得我们都是装的,就你是真的。但我不想再理解你了。"

我说,"我觉得特朗普至少幽默感比你们强。"

她说,"你去死吧。"

那之后我通过洛杉矶另一个朋友买了个什么东西给她赔罪,关系有所缓和。但确实就没话讲了。我都不明白我缓和这个关系干吗,我有那么喜欢她吗,还是我就是想有个能说难听话的对象,然后也能听到难听的反馈,我就是图这个?

她有一回回国我们见了一面，我正在北京晃悠，在那些金银里。她说，"我跟拍了一个片子，跟剧组在三里屯喝酒，你来找我吗？"

我说，"行啊。"

我就去了，推开包厢全是人，很多年轻小伙子，气氛并不热闹，一帮自己觉得自己有点儿什么的从事影视工作（即使很可能只是给婚纱摄影公司拍广告）的年轻人，聚在一起，气氛就很难热闹——好像一热闹那有点儿什么马上就没有了——他们自己也知道那有点儿什么是多么的只有那么一点儿。所有人都盯着我，她旁边坐着个白人，在我带她走时白人过来HeyHeyYeahYeah了半天，带着那种白人笑——好像KTV里也有他妈的他们老家的sunshine似的。我那时就是这么恶毒，随便看到什么人什么人群，心里就冒出这些话来，我现在写回忆起当时留下的这些印象很震惊——怎么无冤无仇要这样评判他人，更惊的是，我怎么全记得，我记这些干吗。

她出来跟我到楼下，有个烂沙发，坐着，聊了什么全不记得了。只记得最后她说，"我今天不能跟你走，还得回去，那堆人里有个是我男朋友。"

我说，"行啊。"

她走了我自己好像又在那沙发上坐了一会儿，附近的楼都是大玻璃，街上全是多余的精力，那是很值得思考一会儿什么的地方和时间，可惜我全忘了。这些全忘了，那些却全记得，为什么，是不是她那天没跟我走我自尊心受伤了，我受了伤就这样贬损那些跟她在一起的人包括她，好让自己好受，在刚开门的一瞬间就想好了这些人要敌视我所以我就先敌视他们，还把敌视的印象记得这么牢固。其实，也许那天开门时人家在唱生日歌，也许那天那些人全都很善良，有几个还刚去支教回来，他们甚至还问了她要不要叫我留下一起玩。也许世界往往是这样的，而我却往往是那样的。

再在那之前，好之前了她还没出国，有一回我俩在她家看一个特别古怪的电影，就是她会喜欢我也不排斥（我不排斥那种电影纯粹就是不排斥苦闷而已），看看看，聊天聊天聊天，睡觉睡觉睡觉。我们拿着楼下刚买的一瓶红酒传来传去，我把我写的小说给她看，她说等到了洛杉矶拍出来。她讲了很多她希望要做到的事，希望世界能因她而发生的改变，她计划粗陋却充满力量，目标可笑却方向坚定。我听着，我诚实的话，我必须要说，我有那么一瞬间很被打动，被鼓舞，天花板都洒下金光了，我觉得真好，她这么想可真是好，我要向她学习，要是我也能就这么去朝世界做功，去栽种，我也能笑得像那个白人一样傻，世界肯定也会因我变得更好——我意识到这些想法时害羞疯了，我加倍负罪加倍觉得自己不要脸，我肯定是在伪造着什么，我肯定背叛了什么，我想得难受，想抽自己，尴尬胀痛心胸，出汗的声音惊动了她，她停下叙述看我，我就转身按住了她也按住了世上的好念头。这就是我跟一个女孩儿的全部交情。

"充满爱但是你完了。"

这句话让我对她从挺喜欢上涨到了非常喜欢，多难得的朋友多美的人啊，肯明明白白说出来要绝交的朋友，都是真人。

这句话就是我那时那种状态，我那种专业的状态，专业的，不对不起任何人，把事做成，遵守游戏规则的那种状态——充满爱但是我完了。怎么说得这么好。

收到这话那天，我正处在麻木之中，我不是在拍广告就是在录节目，就那么回了一句，没有任何挽留，心里没有一点难过。往上翻了翻上次的聊天记录，看到自己的恶语。

或者说有难过的想法，但是没有难过的情绪。怎么难过都没了，我甚至还笑了，不光是回复里笑了，拿着手机打字时我也笑了，不光是打字时笑了，我心里甚至都笑了，我都听见了，就么一声，像是从电影里录下来的笑声，在我心里响了一下，没有遗憾，没有痛苦，像早就知道会这样一样。时空放在我们认识时的我身上，我该尴尬流汗流到让她意识到，我该愧疚痛苦，我都没有。我早想到了会这样，我俩也没啥来往啊，那些相见于洛杉矶或干脆在电影里的约定早全落空，早该断了联系，我也早想到了心里根本不会起波澜。

尴尬痛苦什么呀，我都怀疑早先那些也是装的，我是个有感情的人吗？

我一早就完了。

四

天天对着摄像机，笑脸们工作，会有一些很奇怪的感觉……娱乐圈真是个很怪的地方，在假世界，假上加假，所造的假地方。也许没干这么刺激的工作，我会少琢磨一些，晚一点完，早晚也会完的，是我自己的问题不能冤枉娱乐圈，它只是加快了进程。我一个在这行做过多年你们都认识的朋友说，娱乐圈也没什么特别的，它只不过是个放大镜、加速器，这里面的所有事情，人性，都更高更快更强，也会更烂更惨更脏——还是要看你本来是什么样，就会放大成更夸张。

也没啥特别的，只不过是名利在每个动作之间直接换算，过于刺激，好的时候真好，那些甜美的话，眼泪，我都有几个瞬间觉得这里面有人真在理解我。土的时候不加掩饰，残酷的时候行为已经接近犯罪。我本来以为自己对人性已经十分了解（这是人在年轻读了点书还没怎么接触过人性时会有的通病），贸贸然因为成立了公司，因为要专业，就不经反思地投入了娱乐圈的工作，心从最寂静到了最热闹，从死到了生，从真到了假，吓了自己一跳，以为不就那点儿事儿吗，书里电视里都看过了，事实上也确实就是那么点儿事儿，没有更夸张的了，但真到了我面前，用我那自认为泥里土里抱出来的脏心一碰，发现根本不行，理性认识的根本不算认识，非得肉挨着肉攮在心头，才算见过世面了。

别人问我红了什么感觉，我老说没什么感觉只有感恩。其实那时感觉很大，很不适应，我做艺人就感觉是在跟世界开玩笑，结果开过了，红了。这种身在其中才出了问题的可不只有我，见到很多这行里的人，都是这么转换不过来，到时候你们收到我这本书看到这里可以给我发个微信，难过的事可以跟我说，我有这个帮助大家的打算，这打算会在后面的章节详述。当然了，你们可能只是配合我才难过给我看的，这里毕竟是娱乐圈，我懂什么。

那种自以为对人性的很了解，随时被击破。说个小事，我非常痛苦地观察到，做这个工作一段时间以后我面前所有的门都变成了自动的。还都有个同样的开门音效："李诞老师好，李诞老师辛苦了。"且我很快就适应了，我是在有次门迟迟不开，正要发脾气，才发现自己是一个人站在自家门口时反应过来此事有多不正常的。

我再讲一个例子，你就知道娱乐圈的讨厌也真没有比其他人与人的交道更讨厌，只是放大了一点点而已，因为我这样写出来，它就进了公众视线里，它就放大。

有回有个节目找我去，我听完内容描述有点危险，跟经纪人说不想去，经纪人说，"那边的领导很想要你去，想跟你直接通话。"

我也只好直接通话。

我被经纪人拉到一个微信群里，语音通话，大家纷纷自我介绍，我赶紧跟一位领导解释了我为什么不想去，忽然来了另一个领导接进来,接进来后直接开始说话。

"我是……,叫我……,我要说,我们非常重视这个节目,这次合作,希望李诞来,我们也说好了嘛,你们不要突然反悔。我知道,我知道这个户外真人秀,我们的游戏有一定的风险,但你放心,我们一定做好防护措施,所有挑战项目,我们的工人早就试过了,没事的,你们珍惜李诞的生命,我们也珍惜我们员工的生命,都是命,不能说,你的命值钱,我们普通工人的命就不值钱。"

我说,"没有人这样说过。"

"你不要打岔,而且跟李诞同一天来录的,也都是知名明星啊,人家还有影星,他的命比人家还值钱吗?……人家还是从贺岁大片的剧组请假过来的,剧组对我们节目都高度重视,给予肯定,特别调整了他的拍摄工作来这里录制,希望你回去能对李诞讲,叫他放下包袱,不管是偶像包袱还是思想包袱,赶紧来录制,保证他的安全。"

之前的领导说话了,"刚刚打岔的就是李诞。"

"哦哦，李老师啊，我们很喜欢你啊！不知道你听明白了吗？"

我说，"谢谢，我的荣幸我的荣幸。"

"我相信李老师不会是因为钱的问题，再说，钱我们可以再谈啊，关键是你得来。"

我说，"不是钱不是钱。"

"你来，我给你准备好酒，一喝，啥都敢玩儿了，恐高症马上就治好哈哈哈！"

我说，"谢谢谢谢。"

我这样说完，你是否就明白了，我们碰到的麻烦大概都是这样的麻烦。他是坏人吗，也不是吧，他只是想尽力完成他的工作，他也要保持专业，说那些带有威胁感的话就是他的专业，他不会觉得说那些话有任何道德上的不妥，事实上可能也真的没有任何道德瑕疵——有什么大不了的，人不都这样说话吗？再说，这不是个好人的话，我干吗还一直要说"谢谢谢谢谢"呢？可能面对明显违背正常人交流的方式连声道谢,也是我的专业要求。

哪有正常人的交流方式。

还有前面说过的,那些答应了可以不早起,最后总会要求我早起,我又因为不好意思,明明知道早就说过了可还是会早起的工作,我有回到了现场,越想越不舒服还是冲人发了脾气,发了脾气就要反过来被人指责不专业了,这又无处伸冤……我相信你们只要上过学,上过班,跟人打过交道,不需要进入娱乐业,都会明白我说的这种种委屈——这种种被门口保安大声盘问,你还要客气回答的委屈。这些冰山小角。

我早就掌握了给现实世界大门口的保安递烟,冲人生的电话那头鞠躬说谢谢谢谢的技术,我有时还会以更强的威压促成事情办成,甚至我有时的角色,正是世界的保安,人生电话的那头,我也会让别人感到委屈而不是我自己。我还会什么,我已经熟练到这样的地步,我常常可以做到让所有人都不感到委屈,以某种方式,让事情办成人们还都高兴,这依然是一种技巧。这些我都会来,可我还是觉得委屈,甚至更委屈了——我好好的人,怎么要学会这些呢,怎么还要使用这些呢,怎么还会因为用这些技术用得好而被人夸赞呢，怎么有时接受起这些夸赞来还沾沾自喜呢，怎么有时还会因没能及时收拾好门口的保安而自责呢，还觉得自己该更进步更努力啊——不该是这样的。

一个业界知名的记者，采访过好多好多名人的，总能把名人们最不愿意说出的话都问出来的老师，私下传授过这么一个秘诀，即每次一定要问这些名人一句话，"你委屈吗？"没有公众人物是不觉得委屈的，事实上，就没有一个现代人是不觉得委屈的。我告诉你这种委屈是什么样的委屈，就是俄罗斯方块里，那根长棍，时时感到的委屈。都在等着它，来晚了还挨骂，来了，消了，没人领情，马上开始继续垒，等它下一次来——有人问过它的感受吗？

注意！金句来了！——每个现代人都像俄罗斯方块里面的棍儿一样委屈。

我一想到总有人听我说话时抱着要听到金句的期待，我就觉得委屈，我为什么变成了一个这么不正经的人，一个这么不正经的长棍儿。

还有回录一个节目,选拔类的,看到台上那些人为了得到变成艺人的机会搏命,假哭(我们都很瞧不起假哭,但却都常常假笑,这也是值得思考一下的问题,假笑有比假哭正经多少吗),说谎话,说奉承话,还有假生气的……这一切通通被称为努力,被称为为了梦想付出的可贵的努力。真的吗?这可贵吗?这样的梦想当然可以追求但值得鼓励吗?我常常听人绕着弯说十分钟自己的梦想,翻译过来就是:想出名想赚钱。你们不知道啊朋友们,出名和赚钱真不解决问题——也许人家就没我这么多狗屁问题。

那天我只想吐。我还说了出来,"至于吗?就为了当艺人这么作践自己?"

"都不容易呀,以后可别说了,他们没你幸运。"我经纪人说。

我很同意,他们没我幸运(也就是没我出名没我有钱),可我也不服气,我就算没这个幸运,也不会做到他们那种地步,事实上我所谓的幸运,可能就是因为我不愿做到那种地步才幸运起来的。而且我不怕说出来。我很能理解他们,没问题,世界没问题,是我的问题。

这里又要说到专业与我的冲突，比如大家都知道我说过的屁话里比较有名的一句，"人间不值得"，很长一段时间，我收到的广告、节目策划，都要求我说这句话，根据专业，那我就该说。可我觉得太尴尬了，这句话已经不归我管了，大家的使用非我本意，我不愿迎合。

我很爱看布考斯基的书，一方面他的行事风格很像我那些喝死的亲戚，也很像我本该的样子。二来他几乎一生都从事体力工作，都偷奸耍滑，都很不专业，都骗女人，都埋头写作。我一度觉得他那样才是体面的活法。

我一个朋友，因为后面还会出现，此处就把名字告诉你们了，她叫牧宇，我从没见过她，我完全忘了我们是怎么认识的，真的一点都想不起来，我知道她一直在学艺术，写些评论，养孩子，她则一直看着我从陌生网友变成一个叫李诞的人。

她安慰我，"你现在这样的生活跟布考斯基没什么区别，当谐星不就是体力劳动吗？有什么不体面的。我很喜欢沈玉琳的，你别灰心。"

我说，"贝克特也很喜欢卓别林。"

她说,"贝克特是谁。"

我说,"等待戈多的那个。"

(在我们对话的舞台上突然出现一棵树。)

她说,"哪个,不是有两个吗。"

我说,"不是,贝克特,写《等待戈多》的那个。"

她说,"那你这比方真是,让我觉得21世纪有些全面倒退。"

我说,"你看,你自己也发现了,别说卓别林了,我也比不过沈玉琳。"

她说,"为什么呢,你觉得你比人家高级一些?因为你有我这种搞艺术的朋友?"

我说,"正相反,我觉得我低级一些,人家纯粹,我想东想西。我运气这么好,还是想东想西。也许就是因为运气好,才有余力想东想西。"

她说,"你又知道人家纯粹,人家就不配想东想西吗?"

我说,"至少不像我一样在台上就会想东想西。"

她说,"那就不好了,在台上想东想西有点不专业。"

我说,"干。你是不是故意的。"

她说,"哈哈哈,你别老想着专业的事了,我们艺术家从来不想,可是实不相瞒,我们比拿钱干活的人专业一万倍。你是想当拿钱干活的呢,还是想当艺术家。"

我说,"什么区别。"

她说,"定标准的人不一样。创造会带来自己的标准。"

我说,"我其实想当沈玉琳。"

她说,"那你还差得远,但你也很不错了,至少你见过沈玉琳,惹我嫉妒。"

我说，"干。"

她说，"听说你最近在写一本小说，打算把这些愁苦和自我厌恶都写进去？"

我说，"我跟你说话的此时此刻就正在写。"

她说，"人家托尔斯泰五十多才写《忏悔录》，你三十岁就觉得非回答这些事不可了吗？就这还说自卑，我看你自大得不得了。"

我说，"我可没拿自己跟托尔斯泰比，再说我也不喜欢他的作品。"

她说，"自大，自大鬼。"

我说，"再说——我要严肃地跟你聊聊，你们搞艺术的读书少好像弄混了一件事——什么是21世纪？就是同样的痛苦，对生命的费解，在19世纪要在五十岁的时候才找到托尔斯泰，21世纪，这种不解却几乎伴随着识字过程就找上来了。我估计人学会了常用三千汉字那年就能够识别这种费解。要说自大，那也是我们这一代人的自大。"

她说,"你就是想得太多,行动太少,你看看布考斯基。"

我时不时想布考斯基那样的活法才是正当的活法,可据说他有了名气之后,也尽快过上了体面的生活。对啊,为什么站在舞台上,赚这个钱,跟这个世界打交道,没害人,要觉得自己不正经,我哪来的这些狗屁负罪感。我疯了。

悲观的认识一定是理智的结果,可表达这种认识时总会被人认为是情绪化的。说认识到活着毫无意义,所有科学家都会认可,理解了宇宙的无目的,人出现的偶然,就不难理解无意义吧?这是多么符合理性的推理。可我说出来的时候,说出理性的认识时,就要有人来问问,你没事吧?我没事啊。这又不是什么新发现。

我应该保持一种克制的讲述,回到我还保持专业的时候去叙述,回去说说我那个公司怎么样了,我就是用专业这件事对付着对付着,第一次上了舞台,邀请嘉宾,不管他们多蠢,说多难听的话都接着,都说谢谢谢谢,我就保持平静,应付好这一切保安,不挂断任何一个有道德瑕疵的人生电话,我就等待事情办成。事情就办成了。

公司有过那么一阵好气象,好到让我觉得这事儿居然可能还挺好玩儿,身边这帮人挺带劲。我们做的第一个节目成功时,大家聚在一个上海的楼顶庆祝,老利出钱,大家喝得烂醉,很多人坐轮椅离场。

我已经记不清我是怎么走的了,说了多少醉话。我好像在结尾时躲在卫生间给我后来的女朋友,也是后来结婚的那一个打电话,分享我看到了什么。

我说,"王简阳喝多了,有个女的占他便宜他也配合。"

她说,"怎么会有女的占王简阳便宜。"

我说,"东方明珠都让我们喝没电了。"

她说,"你不回家吗。"

我说,"一来我没家,二来也有女的要占我便宜。"

她说,"你最好跟王简阳回酒店住,不然你俩总有一个要出事。"

我说,"我也同样感觉。你说有人从这里跳下去过吗?"

她说,"你们下次喝酒不要去那么高的楼了,容易瞎想。"

我说,"老利就这样,土得很,站得高就以为看得远。王简阳刚刚扶我上厕所我尿他腿上了。"

她说,"这世界上最爱你的人就是他。"

我说,"我也最爱他啊。"

她说,"所以你们都不要死,安全到家告诉我,我还没见过他呢。"

我好像是跟王简阳一起走了,也好像没有,我睡在马路上也不是一次两次。那次之后,公司赚了一两年钱,人和人关系都远了。至少跟我是远了。我本来以为我是大家那头儿的,可大家显然觉得我是跟老利老加一头儿的,5%的股份也是股份,有股份就是资本家,就不是人。

人是什么动物呢?就是一聚到一起第一件事就是要先分出个高矮胖瘦来的动物,就是人。没人聚的时候,一个人躺着,也在盘算自己今天是高了是矮了是胖了是瘦了的这么一种动物。

这种话,所谓看得明白,通透(真是通他妈的透!)的话,我真不愿意这么干,我也从来不想主动这么干,老说出这种话来,是因为年轻吗,是想通过说这种下定论的话把自己下明白。下不明白,徒留一堆话柄。

我就是加入了这个高矮胖瘦的游戏,取得了很多我并未追求的成绩,才来写这本书还债,来自罚。

这本发泄的书,不顾文法一口气写完不回头修改的书,如果有什么市场价值,那就是里面肯定还是容易找出一大堆供其他人摘抄分享以示若有所思的话来——行了我忍住恶心把你们常用那个词儿说出来吧——金句!录节目也常有导演要求我多说金句,甚至求教是如何说出那么多金句的,在我听来,就是在问,你好好的狗嘴为何吐出了那么多的象牙呢？这真是我自找的侮辱。

如果这书有什么市场价值，那就是我之前胡言乱语的视频也都有几千万人看，有个我跟另一个长得也不好看的男的说了五个小时话的视频，据称给了很多人启迪。为何一个人的困惑，与另一个人的自负，可以带给大家启迪呢？我的问题如何成为了你的答案？这是我弄不明白的，但这是可以换钱的各位书商朋友们。

我希望最后，这本书是我的名片，虽然我已经不需要名片，但其实每个人都需要那么一张最深的名片——在这名片里，才能看到这人跟名字一点关系都没有的那些部分。这书的营销策略我已经想好了书商朋友们，将来出版就在腰封上印这么一句话：一代人的名片——这不要脸的、浮夸的、浮夸到尽头又显出朴素的行为就很能代表一代人。如果想彻底把脸撕破，冲击销量冠军，就这样写吧：一代年轻人的名片。

我一直以来面对公众行事就只会这一种办法：把自己绑好示众。我总觉得自己不老实，只能绑好了才放心。结果没想到，示众总带来收益。这是副产品。为了收益去示众只能人财两空。

我拥有激发人想象的能力，人们愿意在我身上想象出一种进程来，结果，神奇不神奇吧，真实世界就照着虚幻发展了。这对我这种酒精进了脑子的人来说实在再正常不过：根本没有真实可言，我编出来的你信了就成真了，你想要相信的我恰好就编出来了，我总按照你的期待成型，事情就是这么成的，就这么简单。怎么说都没人信。

我什么本意呢，我想证明什么呢，我或许想让人知道，我不是那样的人，至于大家以为我是哪样的人，我其实并不知道。不管大家以为我是哪样，我都不是那样，我就是这样——这句话的这种态度，很能代表年轻人——不过据我观察，很多年轻人早已抛弃了"叛逆"这一年轻唯一的美德。好事好事。

这本书如果有什么社会价值，那就是一个像我这样，莫名其妙代表了不少今时今日现代人困境的人——不然我也真想不通我是怎么成为一个受人喜欢的人的，我就是代表了困境，不是幽默，不是睿智，不是年轻有才华，就是因为我代表了一种困境——我这么一个困境代表，写的一本不顾文法一口气写完不回头修改的书，一定有些真实的东西，一定有些答案以问题的形式存在于此。

哪怕看起来使我受困的圈是19世纪就有人说过的陈词滥调（那也是文豪说的），哪怕我将向困境说出的是公元前就有所记载的陈词滥调（那也是一代地方部落头领说的——"都是虚空，都是捕风"）。

如果这书有什么文学价值，即我想弄明白，不述就作，不修饰，不管多了一个逗号还是少了一个逗号，是否可以。卡波特讽刺凯鲁亚克是打字不是写作，我十分认同，我爱看克制的作品，可更喜欢垃圾一样的人。人心里装个监控有没有可看性呢？有吧？打字行不行呢？打字是否让很多人感到一种被理解？我看是的。

因为我的角色，一个艺人，一个男的，一个男明星，一个某种代表，我的生活早有了不少围看的人，也就早有了很多公开的证据，那我的打字就是可以被检验的，也就有了价值——哪怕我撒谎被发现——这可能是大家更爱看到的。

如果这本书有什么新闻价值：一个在迅速扩张的大时代，一个懵懵懂懂踏入名利场的年轻人，度过激流勇进浑浑噩噩指东打西的短暂人生的成功人士，通过他的观察为我们写下了自己的证词。

如果此书对我有什么价值？那就是这样的自白我总要进行一次最好仅此一次。这是活着的证据。

这书没什么价值，就像我一样，就像这世……——停停停——我已不那样想问题了没必要作假。

这就是一个过度自我关注，不会爱人怕被爱又渴望爱的人，四处奔逃之时写的书，就是在奔逃路上，一不小心写到了感觉朋友隔阂自己，才发了上面这么一大通议论。这书就是这样的洞穴，被窝，关起门来听不进去油盐。

我也没想着能在公司里交朋友，结果别人拿我当外人我还挺不高兴——不交不交吧！也要说实话，现实社会他们把我划在了另一边，心理上我也早把人家划走了，不是他们不跟我交朋友，是我这人不好交往。我由于对自己不友善，对人也很严酷。不是行为上的，行为上我笑眯眯，乐于助人，有钱赚总拉着人一起赚。是心理上，我心理上待人太严酷，而又不想压制别人，也根本不想看到别人的改变，不提要求比提要求是更高的要求。一来我想诚实比友善重要，二来，我做那么多友善的行为，可能就是为了当我用心严酷地思虑别人时，不会被质疑动机，我想证明自己一直没有恶意，我的严酷没有目的，因为——希望大家都直面而我又觉得大家根本无法直面我也不在乎你们爱面不面——真实就是严酷的。

我的心有多严厉，我常抱着这样的眼光：看大家才华都很有限，挣点钱得了，能当回事搞创作吗？脱口秀是创作吗？

为了说明我没恶意，这些话我频频出口，没有掩饰的意图，我会后悔这是否该掩饰，我知道这会给我的朋友们带来什么伤害，可我忍不住——不是，我忍得住，那么多恶心事我都忍了怎么就这个忍不住呢？是不想忍，忍住那些事，我还是我，这种严酷的看法忍住了，我就不是我了，我就把自己忍没了——曾经有过吗？

其实怎么就不能创作呢，才华怎么样才算不有限呢？我的朋友们做这事是因为热情，热情没什么可嘲笑的。我不懂热情的力量，不掌握热情，每当接近要掌握时就心里拒绝，就怕一掌握了，我就不是我了，同样的，对人多好都行，对坏人好都行，可让我心里夸一句我觉得不行的东西，我就觉得最后底线被击垮——我一辈子就毁在这些破主意上，连审美都称不上。

脱口秀表演需要热情，在台上要入戏，跳进跳出，演起来要忘记自己，出来要马上叙述。我根本不是一个及格的脱口秀表演者，我入不了戏，我这辈子就入不了戏。我入了好学生的戏早不知道干吗去了，入了谈恋爱的戏婚十年前就得结了，入了做艺人的戏钱就挣得更多了。这些事儿都不是值得怀疑的问题，这些事儿压根儿就不存在。我懂世界是怎么运转的，又不大懂，不大配合，在高矮胖瘦的比拼里，高了不舒服矮了不舒服胖了不舒服，瘦了也不舒服。

实际上，我前面也提过了，我不爱做脱口秀有个更重要的个人原因，很难说清，我是希望你看完这本书就自然懂了，但我还是尝试解释第一次：我就是不愿意加入任何高矮胖瘦的游戏，而说脱口秀是一个特别高矮胖瘦的游戏。舞台上你要允许别人以 15 秒为单位来不断审视你——忘了哪个美国人说的。每次一场演出结束，你的高矮胖瘦都会发生变化，别人看你的眼神都会不一样——我说的。

可是公司的朋友们（他们拿不拿我当朋友的账就另算吧）对它是真爱，又由于这工作的特殊性，我们是可以随时随地交代真话只要有旁人配合笑就是安全的。

有回程哥说自己的梦想就是去鸟巢讲脱口秀。我说,"怎么会有这想法,多累呀。"

结果蒋元接过来说,"我也想啊。"大家有没说话的,看那意思是都想。

又有人问,"李诞你啥时候去啊,你先去了大家都方便了,你努努力。"

我说,"我不去,弱智才想去。"

大家都不说话了。我就是这个德性。

公司还有年轻的朋友是满腔热血冲着我来的,在楼道里遇上了总是有话要说却又不说的样子。第一件事儿是否就该发现我没热血啊小伙子们。

我血是蓝的朋友,你的忧郁就是用我的鲜血染成的。

五

黎曼，洛杉矶那朋友，去学电影那年给我讲她过海关。海关人问她来美国干什么，她说学习，海关人问她学什么，她说学电影，海关人说那你答应我以后毕业了，可千万不要去 do 那种 fucking stupid reality show，不然我不给你过。

我真怀疑她后来上街反特朗普，那一套世界观，都是被这个美国大陆的第一声欢迎定住的。

我录真人秀的时候常常能想起这句话来，我干吗呢？我想到天堂有海关的话，那个海关的人可能也会因为这事儿不让我过。

录真人秀不犯戒律，我不怀疑很多录真人秀的人能过，很多人都是各种意义上的好人，就是我这种明明不喜欢，明明知道自己不喜欢，明明也非生活所迫的人，还要录，还要边录边嘀咕的人，天堂海关定然惩罚。上帝一定惩罚不诚实。不诚实是首罪，是重罪，对自己不诚实是在人间时就要落在你身上的罪。

那，我对自己不诚实，是否才是真的受生活所迫，是最根本意义上的被生活逼迫——你看多不要脸吧又成受害者了。

牧宇说完我去看了一眼托尔斯泰的《忏悔录》，他思考人生的结果，是把我们这种有条件沉浸于思考人生意义的人称为寄生虫（不过跟他这个大地主比，也许我并无自称寄生虫的资格，当然现代社会调低了寄生虫的门槛，所以这真是个好时代），他认为答案在劳动人民中，劳动人民最好，寄生虫应该都去劳动。我还不够劳动吗？我不是劳动人民吗？劳动到什么时候才能堕落呢？我看人生难就难在没有大结局，这事就是一步一步走个不停，每一步都是逗号。

我猜所有劳累的苦命人,都想过上寄生虫生活,请听好,没人有必要为了保护别人眼中的质朴感觉而活在质朴中吧。谁不想先堕落再反省呀,谁不想当托尔斯泰呀。

我把这番话告诉了牧宇,她回我她正在读《追忆似水年华》。

我说,"说你读书少,你也没必要这样吧。"

她说,"我这是重读,我觉得普鲁斯特宣扬的活法可能能解决你那个奇怪的困扰。"

我说,"你说。"

她说,"就是普鲁斯特时刻,找一件小事,陷入对生活本身的美妙回忆,有点像入定,但不是超脱的是深入的。"

我说,"那李诞时刻就是陷入一种幻觉,一种假想。"

她说，"这也是普鲁斯特曾经陷入的。人都曾经陷入的。"

我说，"可生活本身的美，此时此地，没有更深一层的美，是我们中国人多么熟悉，多么爱聊的美啊，不用再看一个一百多万字的外国书了吧。不就是一饭一蔬一期一会这些吗，漫长的思考总是带回平常的答案，当然它不平庸。一生所为，即是接受平常，因为那是非常手段得来的。"

她说，"你不要试图通过拽词扳回一城，我就是比你有文化。"

我说，"而且，普鲁斯特那美好是乡下庄园，是拿起一个叫什么来着的小面包他细细品味，我说一个我们中国人的美好，我在一个纪录片看到的，一个老奶奶，曾经是'慰安妇'，受尽屈辱，在极差的条件中生活，老奶奶说，'只要每天能吃野东西，去看看，就很好。'野东西就是野菜，我想知道普鲁斯特觉得这艺术吗？这生活吗？这神圣吗？没有人听到这个能心情平静，设身处地，恐怕自杀会是很多人的首选。然而，老奶奶的伟大也许就在于她比我们更加洞悉了生活的真相。野东西和法国面包，患有关节炎默默活着和享受泳池里百米冠军时刻的冠军，靠乞讨吃到一个凉汉堡把肉饼给孩子孩子觉得很美味与吃炖鸡还要强调这鸡生前常听音乐常吃松露，的人们，的人类，在这一类，在这一瞬间的意义上，有大同。"

她说，"你不能这样贬低文学吧，人家书里有回答你又不看。"

我说，"话说回来，这种吃一口东西，说不出话来了，看一朵花开，天地变色了，这种物情，不就是俳句吗，扑通一声。"

她说，"你今天怎么了，做谐星又做恼了。"

我说，"——可最好的俳句都是悲喜交加，或者说，无悲无喜的。正如普鲁斯特吃下那个小面包时的心情。小玛德莱娜我想起来了。实不相瞒我还去查了，我引用他的原话，'我只觉得人生一世，荣辱得失都清淡如水，背时遭劫亦无甚大碍，所谓人生短促，不过是一时幻觉'。这普鲁斯特的原话，岂不就是俳句里，中国古代诗人笔下，文人画的水墨里，要隐去的吗，怎么能直接写出来呢？太愣了。"

她说，"人家写得好。"

我说，"我记得你说你生了孩子之后一直在做瑜伽和冥想。"

她说，"也给你推荐过。"

我说，"我看《追忆似水年华》写的就是教冥想的老师会阻止你做的事情。普鲁斯特那番心理反应，做过冥想的人都能感受，就是念头飘走了，你想抓回来，把好念头抓回来，可是，要记住诗人的话：我感觉自己是风，我感觉很好，一好，就不像了。"

她说，"哪个诗人说的。"

我说，"我。"

她说，"你就是做恼了。"

我说，"我还是那个问题，普鲁斯特吃小玛德莱娜泡茶的心情，也正如'慰安妇'奶奶吃下野东西的心情吗？也许正如。可我们作为中国人，能说得出口这是美吗？"

她说，"你是不是根本不打算去看这书。"

我说，"是。"

她说，"有个普鲁斯特的译者说，人生很长，《追忆似水年华》更长。我觉得，你对待书的态度，和你对待人生，对待自己的态度有几分相像。"

我说，"我严重觉得咱俩一个没看过，一个看了半本，就在这儿聊这么一本比人生还长的书十分不合适。"

她说，"你拿脚尖试水温。试一下就开始骂骂咧咧，对水对脚都有了一大堆说法。你还有一个特点，就是特别好骗，我现在要是告诉你，其实我根本也没读过普鲁斯特，就是今天闲着没事找个话题逗你玩结果你就一蹦老高，你做什么感想？"

我说，"很正常，爱好者和批评家聊天就是这样的。"

她说,"你看,你就会感到受伤——这又是你这样人的一个特点,你把脚狠狠踩下去,什么问题都给烫没啦,把心烫伤了。"

我说,"别说了,咱俩都不懂,我还是承认了吧,我就是借着你提到的大名字发我自己的小牢骚。我怀疑你也是,不如你先去把人家的书看完,或者就像我这样干脆不看,得了。"

我不该这样刁难人的,尤其这跟普鲁斯特没有关系,跟托尔斯泰更没有。我懂个屁。是她要聊的不是我。可是既然不懂,就不能忍住一句不聊吗?还中国水墨呢,中国水墨没我这样的败笔。

我被专业的自欺推动,人变得愈发火红愈发深入这火红年代从而认识了更多火红人士,没有托尔斯泰,全是盖茨比,有的了不起,有的很一般,有的像我一样困惑,有的像盖茨比一样困惑,有的跟盖茨比没有一点关系只是大家都知道可以用这个大名来代替这些好客的富人。

我认识襄阳北路盖茨比,淮海中路盖茨比,将台西路盖茨比,深南大道盖茨比。

娱乐圈是放大镜，大家都认识你，你认识大家就很容易。有的喜欢你，有的好奇，有的只想要张合影发给小女朋友。

很多男的（我甚至要说，全部）见我总会说，"我女朋友很喜欢你。"

我自然要幽默一下，我说，"只有你女朋友喜欢我吗？你夫人不喜欢吗？"

大家笑作一团气氛十分融洽。

他们往往也要说，"没错没错，我老婆也很喜欢你。"

好笑是因为都是真的。

有回我们一起跑到洛杉矶游学，游学！大时代里中等人物最爱干的一件小事儿。

晚上喝酒，一个济南的盖茨比搂着我说，"我看了你跟那个谁那个四小时的对谈，很受触动，我也看了你不少脱口秀，我其实从小也很逗，很叛逆，心里也有很多忧愁,我也能说这个啊,我搞脱口秀恐怕不比你差。"

我说,"大哥,你是第二十个跟我说这话的男的了。"

他说,"我是真的,我也有文化啊,我他妈北大毕业的,是考的不是后来买的,兄弟你别看我现在脸色已经爱马仕色儿(shaier)了,我从小家里老头打出来的,琴棋书画就不会画而已,公司大会,三千人我讲两个小时啊,话里没有'嗯啊这个那个然后',我真能说脱口秀,你别难受,要不我拜你为师得了。"

我说,"你女朋友是不说你什么了?"

他说,"没说。"

我说,"但你感觉到了。"

他说,"他妈的她总让我跟你学,说我心态不健康,要跟你学习幽默,学习通透,我不明白啊,我不挺通透的吗?"

我说,"大哥,通透的都是傻逼,我是没钱才只能通透的。"

大家又笑作一团,气氛再次十分融洽。

我怀疑所有男的都想对我说这么一番话。《利维坦》里写过,"每个人都自认为是世上除了那几个少数的公认天才之外最聪明的",我显然不是全世界公认的天才,那这些挺成功的男的都觉得比我聪明也很正常。

男的都觉得李诞这人无甚特别,不就是嘴碎吗?不就是反应快点儿吗?我们成熟稳重,还会买球鞋还藏表还换车,还有钱,长得也十分帅气,一旦风趣起来,还有他什么事?

我常常否定自己,觉得自己无甚才华,但这些男的对我的,以不屑一顾为出发点却走向了频频顾我的嫉妒,导致我无法不客观地意识到,我还是比多数男的合适这个工作。我一来渴望诚恳(尽管做不到,那也只是做不到我的标准,以大多数人的标准看我早就足够诚恳),二来,我草原长大的,对事物的理解和追新款球鞋的男的毕竟有些不同,风和劈死过人的炸雷从小就带来这样的消息——nothing gold can stay,不 gold 的,其实也不能，这我从小时时警惕的浅显道理，我发现对很多人来说，尤其是手握着gold还总想握更多的人，很难理解。

这两个特点不使我能以说话为生，它们只是使我与很多骗子和狂人区分开来。靠说话为生的人里骗子和狂人很多，这是个骗子和狂人集中的领域，这些搂我肩膀的盖茨比很可能就追捧着其中一些骗子和狂人，在某些时候，在对着三千人讲话时，他们自己也会被附体，被那从人类远古以来部落中总是忍不住去役使别人的冲动附体，被总觉得自己在高矮胖瘦的游戏中一定要抢占先机不然就要被奴役的本能驱使，使每个男的都难免要短暂地变成一会儿骗子和狂人。

这些盖茨比的女朋友们，却会在他们看骗子和狂人时撇过头去，听到那些人高声的宣讲，一切尽在掌握的自信，她们会本能躲避，女孩子们因为外部环境险恶，成长艰难，她们有些生物自保机制值得男性好好学习。朋友们，你们的女朋友喜欢我是有原因的，她们常常对你们提起这个，也是有原因的，你们不妨反省一下自己。正在看这书的女孩儿，也不妨放下书，审视一下自己的男朋友，感受他是否经得起审视。

淮海中路的盖茨比姓吕，大家都叫他小吕，也有很多人叫他吕哥，很年轻，比我小，比我老的我也见过叫他吕哥的，我也叫过。第一次见面小吕根本不认识我，礼貌性（有钱人都非常有礼貌，反正对我是这样，至少喝多前是这样）合了影，后来发现"你这人还挺有意思啊！"，常常出来喝酒，从没有清醒地告过别。

刚认识小吕觉得他说什么都像吹牛，时间长发现其实没吹，都是真的。我见过小吕用手机打德扑，神乎其技，脸不红心不跳，笑嘻嘻收款。小吕说，"这就是我在美国上学时候练出来的，我根本不怕没钱，只要附近有赌场，有人能借我一百块钱，一天就翻身了。"小吕对啥都挺确定，除了女的。女的爱他他是没办法判断究竟是爱他还是爱钱了，反正他统一认为是被他魅力折服。这是有钱人的一个困扰。

小吕这人是看不出什么忧愁的，我总假定人人都有忧愁不是神经病，是人确实有，也许只是我们关系没那么好人家不跟我说。

小吕有段时间恨不得住在夜总会，我跟他去过好几回。我有段时间很爱去夜总会，看看听听，我印象很深听到过两个姑娘隔着一个大哥，互相交流怎么做直播挣钱。她们应该很快转行了。我去就是为了听这些，我还见证过一个故事，一个大哥喝到半夜迷迷糊糊收到封邮件，看了一会儿，递给旁边的人说，你看上面写的什么，旁边人说，"牛逼啊，你美国的股份卖出去了五千万美金啊！老板！把你们所有姑娘都叫来填满这个屋子！"大家拼命敬酒，怎么喝都不醉，兴奋得要死，旁边人撺掇大哥说，"你这么有钱了，有钱人都得养老虎，你必须养老虎！"这些各领域颇有成就的人拿出手机查，把朋友叫醒了问，托关系，终于问到怎么才能养老虎——到动物园领养一只。他们浩浩荡荡直奔动物园，半夜托了的各种关系已经睡眼惺忪等在门口，大哥亲自把刚做好的打着自己名字的不锈钢名牌挂在了老虎笼子的前面。老虎还在睡觉。

我去夜总会就是为了观察这样的人间奇迹，大多数时候没奇迹，那也是奇迹。我就爱在人堆里坐着，看。总观察别人是卑鄙的，我去夜总会目的很卑鄙，就是观察。观察到什么好玩的，就掏出手机鬼鬼祟祟地写下来，旁边的姑娘总要问，"在给老婆发信息呀？"这话我听过不止一次，我怀疑她们受过统一培训，回了这话，话题似乎很容易就推进到感情生活上，进而让男的感到某种安慰。我总是回答，"没有。"就低头继续记。女孩儿觉得扫兴，没进展可发生，就转头去找别人。

我不光是在夜总会这样，我在哪儿都这样，想融入又怕融入，去了不玩又总想去，跟朋友聚会是这样，围一桌吃饭是这样，在 KTV 喝啤酒喝一宿，在海边穿戴整齐坐一下午，都是我干的，扫别人兴也扫自己兴。我不喝多时几乎无法纵身一跃入任何事情。我总在一边观察，觉得好玩，觉得自己在识别世界，识别识别着会突然在一瞬间觉得一切都好无聊——首先就是我最无聊。有个成语叫兴尽悲来，比乐极生悲更能准确形容我们常经历的那种心情，有时也没尽，悲自自然然就来了。比如在夜总会有一次是这样，小吕组织大家玩一个喝酒游戏，我输了一大杯，我正要喝旁边的女孩儿接过去喝了，大家起哄，我一下就很恍惚。要是我在台上讲这件事，这个段子的收尾应该是这样——我还想喝呢，我好容易凑一杯。不在台上，我老实交代，我对这事收尾的心情是无尽的空虚。忽如远行客。

这个世界对不体面的定义跟我对不体面的定义实在不同，我觉得在夜总会赤裸上身高歌，钻女孩儿裙子，吐在沙发缝里，喝多了给保安撒钱，都没什么不体面的，只是动物。我觉得坐在旁边观察"动物",羡慕"动物"的人,的我,才是真正的不体面。

后来结婚了有名了,主要也是观察够了(拿脚尖试水温),就不再去了。很久不去夜总会后有天小吕半夜打视频给我,说,"操,兄弟,你好出名啊现在,这些年轻女孩儿听说我认识你都叫我喊你过来,说喜欢你,你看!"

他把镜头一转,屋里十多个女孩儿笑嘻嘻冲我喊,"诞总!人间不值得!"

我也只好笑嘻嘻应付了一阵,出了一身汗。我每次看到一群女孩儿都要出汗,也不用一群,只要有女孩儿主动向我示好,也不用女孩儿,只要有人主动向我示好,过于热情,我都要出汗,我想伸手把他们都推开又显然不该那样做,就只好说谢谢谢谢,要么笑嘻嘻,要么就开过分的玩笑,选到哪个策略全看那天运气如何,但一屋子十几个女孩儿冲你热情喊话,就只剩出汗这一出路了,而且喊的还是这个——我每次听到人说这句话也要出汗。挂了电话,我觉得被人抢走了酒杯。忽如远行客。

还总在小吕自己的会所喝酒，他总在那儿招呼不同的朋友，朋友的朋友。有天来了一大群人有个挺帅的男的，从进门开始就说很喜欢我，一直往我身上靠，拍照，逼我喝交杯酒，摸我，大家笑作一团气氛十分融洽。

喝到后半场，他已经很醉了，趴在我耳边说，"蛋总，你别怕啊，其实我不喜欢你，我咋能喜欢直男，我就是为了让气氛热烈一点，谢谢你配合我呀，来咱俩再喝一个。"

我没觉得自己配合他啊，但我确实跟着笑了，交杯酒我也喝了，那我就是配合了，那我是为什么，也为了让气氛更热烈一点吗？我除了卑鄙地观察，也有这样的付出吗？是麻木地跟随气氛，还是觉得就该如此？气氛就该热烈？

那其余人呢，大家聚在一起是为了什么，晚上不回家在这里喝酒，嘎嘎笑，互相挖苦，大家目的是什么？是不是就是为了让气氛热烈一点，就这目的，没别的了，人聚在一起就是为了让气氛更加热烈。气氛要那么热烈干吗呢？给谁看呢？观众是谁呢？我怀疑每个人都在担忧着有观众在看，担忧着未来某一天回忆起今晚，或者别人问起昨天你干吗去了，那时，那未来就是观众，就要满意地说，玩儿啊，气氛很热烈。

我开始去有钱人饭局时很痛苦，有钱人吃有钱饭一多半时间就是在聊饭，聊这个鱼是什么来头，那鱼在他嘴里仅次于银河里捞来的，聊酒，哪年哪年的，那语气就像是来自唐朝李白喝剩的一碗，给了这桌人，一桌人次第哇哦，次第啧啧，小口喝，喝完再长长地嗯，那介绍的人一定要马上补一句——他一直说这酒多么值得回味可他是不会给你回味的机会的他要赶紧说这么一句——哎哎赶紧再来一口这个鱼脸，快快这是绝配。一桌人再同时夹鱼，次第嚼。

我总是过快地把酒喝干，鱼不吐刺。过分贪恋食物，强调自己能品尝出各种食材随着标价数字变化而变化的味道，是种变态，只有人这样，只有人进化出了折磨同类和食物的能力。在饭桌上，一道菜上来先介绍五分钟，再回忆自己第一次吃时有多激动，还要眼睛看着等别人赞许点头，随后再一同吃下去，这场景，这场景十分人类。这就是在折磨自己的同类，同时折磨食物。但气氛总是那么热烈。即使没人喊叫，非常体面，可你知道你这个人类在吃着其他人类费了多大劲端上来的食物时，内心很难不热烈，你感受到这场景的荒谬很难不觉得热烈。

不过把一帮形形色色（往往也真的很出色）的人统称为有钱人是不公平的，有些歧视。我们要承认"有钱人"这词感情色彩太浓了，光是打出来都像有语气。正如我不同意托尔斯泰用那种爱去歧视劳动者，歧视他的农奴，统称一帮有钱人为有钱人也是歧视，正经人不该这样认识世界。碰上一个很傻的女人，不骂她，只是因为她是女人而不是因为她不傻，或者碰上一个很傻的盲人，不骂他只是因为他是盲人，在我看来都是种歧视。我们应该平等看待，像骂男人一样，像骂手脚齐全的人一样，去骂女人，骂残疾人，这样才能称自己是一个不歧视任何人的人。当然，真正正确的做法是，不要骂人！谁都不要骂！哪怕他骂了你，哪怕他完全伪造你的品格，他说你歧视女人歧视残疾人歧视有钱人，你也不回嘴。你可以正直，文明地过活，你可以绝不回嘴硬活到八十岁离家出走死在火车站那年去如此醒悟到：当时要是骂了就好了。

小吕喝多了指着面前的人群跟我说，"所有乐观的情绪都在等着一场崩溃，一次灾难，我们都知道那是一定会再临的，事实上一直没有停下过，只是规模不够大，可能规模永远不会够大了,奥斯维辛之后不光没有了诗歌,也没有了悲剧,我们欣喜地看到,人们不光能忍受痛苦的现实,也能够忍受对痛苦的想象了。"

我说,"我要不要拉个姑娘过来听你说。"

小吕说,"你对我们斯坦福毕业生有点尊重好吧,老子他妈的这些事早想明白了,妞嘛,哎呀,我现在就想跟你说话,你听着。每个民族都有自己的比肩奥斯维辛的记忆,每个家庭都有受难者,每个人都有想象力。事实上我们就会一直等下去,悲剧不会再来了,悲剧已经发生过了,就没停下,悲剧一直发生着,世界在缝缝补补中一定会越来越好的,我可不是做企业才坚信一定会好我是坚信一定会好才做企业。同时缝缝补补也不会停,同时!在缝缝补补中无论被缝掉了什么,那都是世界变好的必然牺牲,必然。牺牲掉的是什么可就没有人会记得喽。咱们要做那个牺牲吗?我看不要!"

左边耳朵听完小吕这句,右边耳朵就听到了那跟我闹了一晚上的人夸我配合,我觉得我身上发生的就是一个小小的小型灾难,有人在缝我,我又被丢进了一个高矮胖瘦的游戏而不自知。

我笑起来，狠狠亲了右边的朋友一口，说，"可是我喜欢你呀。"

他也笑起来，擦擦脸，说，"蛋总，你真是聪明得不得了。"

他在我手机里输入了他的微信，我没等到酒醒就删掉了。我相信他也完全不会在意。

我真是聪明得不得了。

六

如果是在我家喝酒,那么所求的往往就不是气氛热烈,我总想跟大家说话,总想弄清楚一些问题。我的朋友们也都很想,大家开始总是开玩笑喝酒开玩笑喝酒,总是在一个奇怪的时刻,玩笑停下来,有人开始说心事,其他人帮忙解答。根本解答不了,愿意帮忙比较重要。

我总是最常帮人解答的那个,大家有问题也愿意找我。我也常怀疑我才是最想问问题的那个,大家找我,只是在陪我。

哪有那么多问题？

我非常不喜欢那句话，喜剧的内核是悲剧，这话对，但是啰唆。什么的内核不是悲剧？喜剧演员确实会常常把心中悲伤费解分享出来，那只是他直面了这个悲剧而已。你不搞喜剧，你的内核就不是悲剧啦？

人聚在一起的目的，完整应该是这样：就是为了气氛热烈，然后趁乱聊一两句我们都没什么办法的悲剧。

我的话题起头经常直接，这常会有种喜剧效果。

我说，"人活着到底是为了什么呢？今天我们这么聪明的三个脑袋必须把这个事情弄明白。"

王简阳说，"我脑袋不聪明，我就是脑袋大，显得聪明。"

蒋元说，"不用弄明白活着就完了。"

王简阳说，"可是蒋元你这样说就不对了，你这个说法对，但这个时间点不对，你说这句话的对象也不对，刚都说了，我们这么聪明的三个脑袋，不是你这么聪明的一个脑袋，我们不知道'活着就完了'这么简单的道理吗？现在是想听这么简单的话吗？老李现在是想你给他当头来一棒子，但是你不要打着我。"

蒋元说，"我觉得我弄明白了，活着就是为了快乐，做事儿。"

王简阳说，"你快乐吗？你快乐，他妈的，你为啥这么快乐，蒋元，有时候我都瞧不起你，你要是不这么快乐你能更帅。"

我说，"你说，咱们为什么要吃这些苦去得自己并不贪图的蜂蜜呢？"

王简阳说，"咱们其实是贪，心里不认为自己贪，嘴上就说不出来。关键是这个破嘴吧，不吃蜂蜜，也是闲着，总比吃屎强吧？而且我特担心一闲下来，我会控制不住地去吃屎，老李也是，当初你非拉我当公司高层，不就是为了拦住我别去吃屎吗？咱们现在猛掏蜂蜜，就是为了不吃屎，我太怕屎了。"

蒋元说,"咱们当脱口秀演员,这工作不是挺快乐的吗?"

王简阳说,"这就是咱们最不一样的地方,我俩不觉得这事儿快乐。蒋元,我特别羡慕你,我俩也根本不是脱口秀演员,演啥员啊,老李是他妈的神经病,折磨自己,跟宇宙较劲呢,较成一个脱口秀演员了,较成一哥了,较成大哥了,还这么多孩子跟着他,你问问他自己怕不怕。"

我说,"怕。"

王简阳说,"我俩当年就是为了上台能有八百块钱,才干的这个,又这么轻松,我俩简直太轻松了,我也不是脱口秀演员,哥们儿是个小说家,是黑白男儿,是多姿多彩的简仔,是 FBI——fucking brave I,我是最勇敢的我。"

大家笑。

蒋元说,"简仔太逗了。"

王简阳说，"最逗的是，简仔不快乐，干啥都不快乐。虽然也很快乐，但是归根结底，还是不快乐。"

蒋元说，"你要真觉得啥都不快乐，就没法聊了。"

王简阳说，"也不是这么说。我估计找姑娘肯定挺快乐的，我还没找过，等哪天我回东北了必须找。"

一如既往，喜剧演员聊天中的痛苦总想收在梗上，总想滑过去。

蒋元说，"你玩儿游戏不是挺快乐的吗？"

王简阳说，"那能花几个钱，我越来越觉得我挣钱，掏蜂蜜没用，我算过了，我的存款加上我爸妈的存款，足够我在东北打游戏打到死了，反正钱就算不够也肯定够我打到死。"

我说，"你的钱都花哪了。"

王简阳说，"我好不容易挣的钱，怎么能花呢？就存在银行贬值，这是它们唯一的归宿。"

蒋元说，"不说钱，就说我们这工作，哪怕不给钱，我刚开始干的时候也确实没钱，就是好玩，就是下了班儿钻到酒吧里去讲，给一帮人都整笑了，这次不笑，不笑我就回去改，下次来一定能让你们笑，就证明自己行，我就爽，太爽了，有时候下了台回家经常睡不着。"

王简阳说，"太土了，为啥要证明给别人看。活着就是为了证明给别人看吗？老李，你觉得这一棒子怎么样，喝到你没？"

我说，"是问题错了，'为什么'是一个错误的发问，不能问 why，只能问 what，why 在所有语言里都是一个诅咒，只会让人难受。以后聊天谁再问'为什么'就罚酒。"

蒋元说，"有道理有道理，那活着是什么呢？"

我说，"这样答案就很明确了，活着就是活着。因为活着是如此复杂，任何简化它的冲动都会伤害智力或者友谊。就是活，没了，没有更多答案了。这跟活着就完了可不一样，这是经过深思熟虑之后的，理智上尝试过了之后的，活着就完了。"

王简阳说,"总归是完了。别鸡巴聊活着了,聊聊死吧,我特想死。"

蒋元说,"别这么想,别听李诞的,你就好好打游戏,不挺好。"

王简阳说,"我想回东北。"

我们家门是开的,经常喝到半夜朋友们会叫来新的朋友,有人也就那么跌进来。

有回我英语老师带了几个基督徒朋友来看我演出,演出非常成功,我们十几个人买了几大箱啤酒回家痛饮。我们聊了音乐,聊了喜剧,聊了日本,聊了犹太人,终于,聊到了宗教。

他说,"李诞你好像是信佛的是吧。"

我说,"我要是以前的毛病,这里就会说一句,信什么?佛?有这一存在可信吗?现在我因为更了解佛经了一点不会这么说了,我不信,我更多拿佛经当哲学看,很喜欢佛学。"

他说,"有不少人对《圣经》也是这样的态度。"

我说,"我学佛的朋友说,只吸收佛学的观点,而不接受三世论这样的佛教基础时间观,就像一棵树只要枝叶不要树根一样,是不行的。"

说完我拿起一个电子念珠,就是在上面按就会显示数字的套在手指上的小设备,我从我朋友那儿拿的,按了几下。

他说,"信主也必须是相信会得救,相信有最终的审判和永恒的天国等在前面。"

我说,"宗教是否核心就是提供了一套看时间的方式。"

他说,"是的,基督教的时间观就是永恒的,用一般现在时说话就是在永恒里说话。"

我说,"那有终点吗?天堂是时间的终点吗?"

他说,"天堂就是永恒。"

我说，"天堂是什么样呢？"

他说，"据说就是你最喜欢的样子，比如我最喜欢最享受的事情，就是整理衣柜，我上了天堂很可能会有一个无边的衣柜，每天整理。"

我说，"听着怎么像一种惩罚。"

他说，"不是整理不完的，无边，但是稍微整理，就在你马上要产生想要享受到整理完成的喜悦的想法的前一秒，就比你自己知道自己需要开心的前一秒，上帝就会让你整理完，把喜悦给你，并且就在你要之前。这就是天堂。"

我说，"我突然想到一个故事，给你讲讲。"

他说，"讲。"

我说，"从前有一个人，是信佛的，信佛自然也信佛教的时间观，轮回转世，此人已经转世九十九次，业风吹着他在多个不同世界穿行，或卵生或胎生，它她他变来变去，业力累积在他身上，终于这一世他投胎为人,投胎在了意大利,罗马,梵蒂冈边儿上,从小站在屋顶上就能看见教皇做弥撒的阳台。他爸也是这么长大的,自然组成了一个天主教家庭,他自然而然就信主,到八十岁寿终正寝,上了天堂。那么据说天堂就是一个人最喜欢的样子,又是永恒的,此人上了天堂,得知自己的来历,他的愿望即是要带着这九十九世都上天堂。在他这念头产生的前一秒,上帝无限恩典,已经先他一步令他喜悦,九十九世一同升天,这蒙恩的人从此在天堂像列火车一样穿行,走到哪里都掀起业风的残影,走到哪里就给哪里带去夜店的气息。他最爱去的地方是天堂里一个无边的衣柜,因为他很喜欢去给那个永远在整理衣柜的神学家带去一丝丝困惑,which is 天堂里难有的东西。"

他说,"故事不错,which 也用对了。"

我说,"我也希望能够信靠主,信靠冥冥之中,信靠任何东西。"

他说,"我有过跟你一样的苦恼,感谢主拯救了我,主也一定有使用你的安排,愿主保守你的心,你不介意的话,我为你做个祷告吧?"

我说，"谢谢。"

我们围成一圈，牵起了手，闭上了眼，我的英语老师他为我如此祷告：

主啊我向你祷告，求主保守李诞的心，他的心是向善的，他同我这罪人一样有罪，可也同我这罪人一样可以求得主的宽恕因为您是那样仁慈，那样神秘。李诞找我学习英语，我会在教他时态时不自觉地提到永恒，提到您，这是因为您无处不在是您的显现，您的显现给了他灵感创作佛教徒登天的故事，给了他信念让他知道至善至美是可求的，这是您绝大的智慧，感谢主，赞美主，荣耀归于主。李诞常做一些违背他本性的工作如众人一样，他常走入人群，常心中惴惴，求主保佑他走入人群时不至迷失，阿门。

我英语老师问我什么感觉，我说，"像第一次喝醉酒。"

像第一次喝醉酒那样感到自己是可以被理解的，感到别人对你抱有善意，感到爱而不非得是男女睡觉的那种爱，那种往往不是爱的爱。

感到原来人可以当面把心里话这样说出来，把你对另一个的爱，对人类的爱，通过向天诉说的方式，大大方方说出来。非常清晰，直接，没有梗，不会滑过去。

那天我听到王简阳又开始说起想回东北——其实他说东北时已经不是在说东北，只是在说一个他想逃进去的地方，具体是哪，你知道吗？你总是想逃走时，知道要逃去哪吗？他也像你一样不知道——忽然想到，我可以为他做个祷告。

那天我为王简阳做这样的祷告：

天上的那位朋友，你好，因为我还没能有幸信你，所以只能称呼您为天上的那位朋友，我甚至不知道你在不在那里，天上有没有你这位朋友，如果你在，想必你会原谅我的愚蠢冒昧，天上的那位朋友，今天我向你祷告，向你为我的朋友王简阳祷告。我的朋友王简阳是一个红色的按钮，按下去就是对世界的否定。他有个大脑袋，有聪明的大脑，感谢您为他创造这样的脑袋，他却被它所困。他想把一切变成玩笑，变成游戏，尽管他并不爱笑，我不知道这样矛盾的事是否是您惯用的安排，天上的那位朋友，我一向觉得您很有幽默感，王简阳是个好梗，荣耀归于您。他的人生如果写成一本书，那这本书只会有一行字：我不想活，其余全是注脚，但这本书的注脚很精彩。我的朋友王简阳，嘴有多硬心就有多软，他因害怕突然离世带给我们太多痛苦便不断在生着时预告这一点，他想我们最终要分别，最终谁也笑不出来，不如现在就笑够，在他不知是因过量饮酒还是过量抽烟还是整天不睡觉终于离开我们时，我们能回忆起笑出来的时候。可是我们为什么非要笑出来呢？我想您最初创造这世界时也没向谁保证必须笑吧？在我们没有嘴馋手欠吃那个果子前难道脸上一直都是笑容吗？不应该吧，我愚钝地想象，伊甸园会不会就是一个不用笑也没有压力的地方。天上的朋友，我不该揣测你的智慧，我只想说，如果你曾为我们创造过那样一个地方，真是感谢您，也真是对不起您。我们的罪并非忧愁，我们的罪只是堕落，是思虑太多，是像智者一样思考像狗一样行恶，天上的那位朋友，我的朋友王简阳是罪人，更是十分难得的人，他行在地上如同行在天上，他只是想能够打游戏而不致堕落，他只是想有个足够大的电视,和足够少的人,让他能够一直游戏。天上的朋友,求您保守他的心,让他知道人可以爱人,人可以被爱,人不需要羞愧,不需要逃回东北。阿门。

多么可笑的我啊,不能自救,就只好去救别人。

七

这祈祷词记得这么清楚不是靠脑子，脑子再好也记不住，我当时已经喝多了，我连祈祷这事都忘了，后来喝酒提起此事，还被王简阳嘲笑，不过嘲笑之后他也会偷偷感谢我，用他很难以察觉的方式。

这祈祷词都是秦典记下来的，她就是这么爱我，拿胡话当宝。

我们已经结婚了，还是很抗拒叫她老婆，只愿意称呼秦典。上节目也只愿称为配偶，家属，别人说了老婆就会不舒服。这事没人注意过,只有一个前辈主持人有回喝多了问我,"你是不是结婚以后不太高兴啊?看你录节目从来不提她。"由于我的回复注定过长,所以我只能简单回答,"是有点儿。"他说,"离次婚就好了,相信我,哪怕不换人,离了再复婚,就是你老婆了。"

秦典是个非常好的人,从小跳舞长大——不单指她的幼功,也指她的精神状态。她爱我,甚至崇拜我,但会在所有人崇拜我时反对我,在我最折磨自己时给我拥抱,在我不知所措时告诉我,"你别想了,你是这世界上最好的人,包括男人女人。"

她最近花十多万买了个东西,钱是捐出去了,但她说,"我也不是为了慈善,我就是想要这个东西。"

我说,"我这辈子没花过十多万给自己买东西。"

她说,"你想要什么我给你买。"

我说。

她说,"对吧,你说不出来。你喜欢写东西,看书,看书，写东西，工作，开会骂人，骂完人劝人，这就是你的全部爱好，你的爱好全是赚钱的爱好。"

我说，"那你帮我花出去了我是不是还得谢谢你。"

她说，"不光是花了钱，我是想，如果你总发现自己赚了钱，又没用，你又总想做事，闲不住，脑子歇一分钟都受不了，你就又总赚钱，你慢慢就得怀疑自己做的这一切是为啥。"

我说，"我正在怀疑。"

她说，"然后你就会难受，你一难受。"

我说，"就写东西。"

她说，"写完之后。"

我说，"就又变成钱了。"

我们嘎嘎笑了一阵。笑完我又叹了气，她抱住我的脑袋，"你这些烦恼，我是理解的，可你千万不要说出去，都太不要脸了。"

我说，"你不相信别人能理解。"

她说，"我相信，但传来传去，不知道会形成什么新的烦恼，别人又拿这个来伤害你。"

我说，"我不怕，别伤害你就行。"

她说，"我也不怕。"

我说，"没有什么能伤害我。"

她说，"除了你自己。"

她每天很忙，给自己安排一堆课程，我有回忧心忡忡地说，"你比我小这么多，天天这样学习，等你到我这年纪，不就比我聪明了，肯定一下就会发现我其实是个大弱智，你不就会抛弃我。"

她说，"不会，我也不拿聪明来判断别人，聪明不是很重要的指标。"

我说,"你会因为什么抛弃我。"

她说,"不会跳舞。"

我说,"我就不会。"

她说,"你会。"

我们结婚结得一气呵成,据说是我喝多了向她求婚,她就答应了,我起来听说以后不回话。她说,"我知道你非常讨厌婚姻,但是你这个人呢,不就是凡讨厌的不亲自试试,总是不甘心吗?不行再离。"

我说,"好。"

她说,"可是离了我们也要在一起。"

我说,"好。"

于是就飞到她老家领证,结了婚,大喝了三天,我现在回忆起王简阳居然也在,真不知道是为什么。这人从不旅行,甚至绝不出屋,怎么会出现在我领证的地方。

我们也没办婚礼，只是在领证前夜疯喝，我印象中是王简阳把我抬上床的，那一晚上他什么都没跟我说过，每次我看向他想说点什么，他就灌我一杯酒。一晚上他只是不停重复，"成都这个兔腰真是太好吃了，下酒，典典我们回了上海你给我再弄点。"

秦典后来说，"你俩是朋友是有原因的。"

结婚第一年我发过一次很大的脾气，忘了什么事，只记得站在客厅喊，"我不舒服！我不舒服！"

她坐在沙发上哭。

我们想了一些解决办法，反正现在几乎不吵架了，不知道是习惯还是办法真有用。如果是办法有用我真该去给人做婚姻咨询。我就适合一对一聊天，心理医生，看手相的，巫婆，听告解的神父，这些都行，这些才是我的本行。

我也不知道自己一再声称被婚姻限制了的自由是什么，我曾经有过吗，有自由的时候做出什么了不得的事了吗，是别人限制的，还是我自己呢？结婚会加重对自由的限制吗?

有天坐飞机翻手机,翻出这样一个备忘录来,读出一身汗,完全忘了是什么时候写下的。

请看:

> 婚姻带给我巨大的痛苦。
>
> 或者说,给我一直以来无名的痛苦起了名字,塑了像。
>
> 最后一点儿虚假的自由都没了,动物的,自弃的那些。又想到那自由本来是多么空洞,更加难过,像是抓进了监狱的人,立马意识到在外面也没过得多好。
>
> 这种以往窄处想的自我开解,不知要把我引向哪里。
>
> 恶毒地想,正是婚姻让我这么想。
>
> 我重新渴望死亡,并充满勇气。此前那种会对不起父母爱人的内疚感因婚姻没了。你们没人因逼迫我结婚而内疚,没人为我考虑过后果,我被抛弃在这幸福的生活中活受。算对得起你们了。
>
> 一场婚礼,一场葬礼,可不就是人一生能仅仅提供给亲友的两样东西。

别怨我。

活着就是牺牲，活得越长，壮烈越少，脏的，计算的，要从知识上找的借口越多。

死亡等了我够久了，好在它宽宏冷漠，不会像活一样考察我的资格，不会因我活了太久，染了太多生的臭气，就不让我死。

死亡以漫长净化每个丢尽了脸的灵魂。为了活命，上过学，赚过钱，结过婚，出过轨，杀过人——通通都会过去，不值一提。

我重新渴望死亡。

我配得上死亡，你们不配我活着。

我爱着我女朋友，我还是拒绝使用妻子老婆这类称呼。她在这件事中下场也好不到哪去，比我还可怜，她以为爱能战胜一切，能战胜我的积习，我长久的懦弱，我心里没断过的冷风，我与死亡多年的交情。

我爱她，她幼稚天真，敏感忧伤，她看见我以为同我是一类。那是我极力压抑之后的我，看起来落落寡欢，相处下来，我有几回绷不住，露出真面目，我看到她害怕了。她哪认得这个我，只有死亡见过。

她试图拉住我，把手放在我心口，希望把我的心焐热。

这世上风会停吗，不会，它正从我心口吹出来。

> 我的心会热吗，不会，这是它的使命。
>
> 原本我也以为它热了，我们相爱的时候，我也幼稚了，以为跳出了世界的规则。婚姻把所有规则都带了回来。
>
> 我重新渴望死亡。
>
> 我配得上死亡，你们不配我活着。
>
> ——写于成都路边烧烤摊

一字未改，我完全不记得我是如何写下这些东西的。

这完全可适用于我如今的状态，又完全不是我。

一个内心有我这种反复的人，一个不爱自己的人，却会爱别人吗？

我这样的毛病，有生之年还有机会好吗？我把我的问题全直挺挺地拿去问秦典，她说，"我真希望我能帮你，可是，可能你这样烦恼，就是你的自由？你能自由自在地心情不好，就感到了自己存在？你可能就是觉得，外面这个世界，无论如何你都获得不了自由了，你也赚了钱也有爱人有朋友，想去哪去哪，你还是不舒服。你就向内去寻去砸去抠,去拿着小刷子刷土,拿吹相机的那个喷气小球吹灰,又由于你这人不知哪里来的自我要求,总不相信轻易得着的就是对的,总不相信写在封皮上的答案,你对待人生跟我妈逛街是一个心态,你总要再看看。你总不信快乐是能久的,你就觉得只有苦是面对了真实,只有向下去钻了才有意思,你就是自问自答自答自问自问自答,又再自问。我觉得,你只要肯说出来,就好了一大半。反正你说,我就听。你写了,肯定也有人看。爱你的人很多,需要你的人也很多。"

我说,"无论我多么讨厌婚姻,跟你在一起总是对的。"

她说,"你自己也知道世界上不存在万事如意对不对。"

我说,"我看到那谁妻子过世,我能体会他的难过,只是不知如何安慰。"

她说,"我一直在安慰,太可怜了。"

我说,"可能是你跟她有点点像,我们这种爱自问自答的,都喜欢你们这种从小跳舞的。我没有说你肤浅的意思。"

她说,"没觉得你说我肤浅,再说我不怕肤浅呀,你为什么那么怕呢?"

我说,"你快再去劝劝他吧,咱家就派你了,救了他,你就真是女菩萨了。"

她说,"真的太难过了,你尽量不要死,我怕我没有人家的坚强,活不下去。"

我说,"好像我这样的一般都要活很久。"

她说,"今年体检我帮你约个胃肠镜吧。"

我说,"我不想去。"

她说,"要去。"

几天后到了医院,做胃肠镜三人一组,换开裆裤,全是男的,全由女的陪着,凡大夫问到做过手术没有什么药物过敏最近饮食习惯，男的全茫然看向女的，女的就答。我穿着开裆裤害羞得不得了，觉得当男的真丢人。我也陪她去过医院，凡大夫问到做过手术没有什么药物过敏最近饮食习惯，全是她自己答，我就在旁边玩手机，开玩笑，还有，吓唬她。什么忙都帮不上，什么都不知道，在旁边等久了还要不耐烦。什么东西。

我排队时跟她说，"以后我也要记着你做过手术没有什么药物过敏最近饮食习惯。"

她说，"不用这么俗气，你知道我不需要你记。"

我说，"那你记我的，我也不需要你记呀。"

她说，"就记住了，没有特意记。"

我说，"那天我没说，是因为没说出口，我心里想了，如果你死了，我恐怕不会自杀，我还是会苟活。而且有可能再找别人。"

她说，"我知道。"

我说,"你呢。"

她说,"我恐怕会死。你知不知道我遇到你之前是打算自杀的。"

我说,"我也总这么打算,还不是活得越来越好,啊。"

她说,"我觉得是你救了我。"

我说,"所以叫你好好读书学习,读书多了,就更理解事物的因果关系,或者说没什么因果关系,你就不会有这样的想法。我救得了谁?"

她说,"所以我不很看重聪明。爱情不是你说的那样。"

我说,"我好像不会爱。"

她说,"你很爱我,我感觉得到。"

我说,"我很爱你,可我根本不知道你做过手术没有什么药物过敏最近饮食习惯,我就觉得我不爱你。"

她说,"你不爱我我早弄死你了。"

我说,"我肯定是爱你的,只是,我不爱的东西太多了,我觉得我是一种要么全爱,要么全不爱,爱你就等于爱着世界,可我不敢肯定我是否爱世界。"

她说,"你脑子坏了,你太聪明了,但是脑子坏了,护士叫你了。"

麻醉醒来我发现所有护士看着我笑嘻嘻,秦典捂着我的嘴。

她说,"医生说你什么事都没有。"

我说,"我刚才说什么了。"

她说,"你一直说,你没醉。"

八

我发现自己身体出毛病的时候正在录节目。

当时我正在舞台上,那又是个没话找话的节目,或者说,是要说的话都不能说,只好硬找些能说的话来说的节目,是益智而非智慧,所展示的是种类似杂技的语言技巧,而绝非语言,更别提语言背后是否还有想法。这种节目特爱找李诞,李诞还一叫就去,安慰自己,看杂技总比看空空的剧场感到心慌强吧?做一个节目集体盯着摄像机打坐,有地方播吗?播了,你敢看吗?

这又是一种冰山，这些反问全是我后找的解释，而那硬硬的、最初就在真正吸引我的冰山一角是：我从小爱看台湾综艺，这节目主持人满嘴玩笑，没有正经话，我从小就喜欢，在他身边工作会让我有回到童年的踏实感觉，能感到窗外有草原，奶奶在煮肉。那些后来长出来以解释冰山一角的布满别人的说法的冰山，不能算作虚伪，只能说并不真的重要。

但这种语言杂技节目确实也困扰我。我去录影，去舞台上说这说那，总想保持最低限度的诚实，不说自己不接受的话，非说就开玩笑，满地打滚，让人知道这是玩笑。可惜人家并不愿知道。当时我接上了一个梗，很好玩，我觉得还能有更多好玩的，老实讲，把别人逗笑我是很开心的，觉得自己有价值，我好像还跳了个舞，还唱歌，还玩了一个钻泡沫的游戏。总之上天入地，但心中很平静。

我下了台，一直捂着自己的心口摸，当时有一个我根本不熟悉的人被淘汰了，看到我捂着胸口说，哎呀蛋总不是因为我被淘汰这么难受吧。

我说没有没有，我觉得你早该被淘汰了——我说话一向直白因此常常别人只能笑，而非真的有多幽默，可据说这比幽默更具价值——我只是心脏不舒服。

回到化妆间，那李诞从小就喜爱的主持人过来问，"蛋仔，怎么了，胃不舒服吗？"

我说，"没事没事。"

旁边又有人说话，"哎呀蛋总啊，我昨天看到你一段以前的脱口秀被人翻出来，好精彩呀。"

我不在乎。

"是啊是啊，蛋总就是扮猪吃老虎。"

我没扮过。

"我同学在美国读博专门发给我，说讲得太好了。"

为什么要特意提美国读博呢？这样的赞美就比其他赞美更值得接受了吗？

"哎蛋总,你那稿子写了多长时间啊?"

我说,"差不多一个小时。"

"怎么可能,又开始装,写得太好了。"

恭维结束,人就散了去恭维别的事情。

我确实撒了谎,实际情况是写了根本不到一个小时。

大家在聊的是一段在网上传来传去我说的一段话,反正我说的话经常在网上传来传去。很多人坚信我对此有特别研究,特别会讨大家喜欢,或者说,至少是付出了额外努力,我为了不伤害大家的感情,总是配合大家的猜测。我在这些事上付出的努力可以说是零,少到有时自己都不好意思,我对这职业没什么额外的敬畏,我只是尽专业——又来了——所能。

从头读到这里,从我的凉啤酒时期了解我到此处,不聪明的读者应该也不难理解了,说我在这些事上付出努力,是种侮辱。做不费力的事情需要努力吗?做喜欢(喜欢的定义比努力还难说清)的事需要努力吗?

但别人夸你没有恶意,我也只能接受,并发展他们的观点。

我说,"是得好好准备,不努力不行啊。"

我的右手一直在摸索自己的胸口,这时我确定了问题:我的心脏真的不跳了。

注意!我们在这本书的开头引用了一句评论,"什么都没发生,还来了两次!"本书到这里,到李诞心脏不跳这里,什么都没发生的第一次结束,下面将会再来一次。

为了以示心脏不跳不是一件大事,我要翻回去再讲讲努力,再讲讲我对获得别人肯定一事并非毫无兴趣,我得诚实。

高中毕业,啊,我的青春真是苦闷异常,但在高中毕业时发生了一件结结实实的好事。

我那时几乎没有朋友,我的朋友都大我一届,都去上大学了。

我那时毕业，校园里是疯狂的气氛，大家在等待释放，而我只是在路上走。忽然一个女孩儿冲到我眼前，双手递给我一封信，很快很快说了一大段话，她没有看过我，声音伴随着手一直在抖，然后就跑了。我忘了她说了什么，不记得她长什么样子，索性根本没看清，我只记得衣服很旧，头发没有打理——这么纯洁的事情我如今记忆里居然只有这么势利的评价，可见生活对我做了什么，我又是多么配合。

——信的内容大概就是很喜欢我写的作文，我那时写作文分数高会被拿去全年级展示，我要再次说，写出那种作文一如说些被美国博士转发的话一样，我也从没做过什么特别的努力。

信上说，只是想在高中结束时让你知道，有人默默喜欢过你。

她的胆怯和那枯黄的发色就留在了我的记忆中。我卑鄙地想，她就算提前表达了喜欢我可能也不会接受虽然那时我更加枯黄。

我大概是个什么样的人呢，就是这件事我是这辈子第一次对人说起，我从没跟任何人讲过，我朋友，我仇人，秦典，王简阳，牧宇，我父母，我谁都没告诉过，我就是觉得我只要谈起这件事，因为我的害羞和卑鄙，我难免要开玩笑，恶劣时我会大概说到这样的地步，"唉，可惜了，她要是长得不像我一样难看这就是个美好的爱情故事了"——大家哈哈一笑，此事就滑过去了。

可这事不该遭受这样的对待，这是个美好的爱情故事，非常非常美好，组成它的元素虽然是高考应试作文，枯黄的发色，一整段压抑的学校生活，一个脑袋装满了怯懦玩笑的男的，但它依然是个美好的爱情故事，她是个简单的人。我不愿对任何人提起是要提前防守自己的卑鄙。

我大概就是这样一个人。我不是不知道什么是好的，我只是配不上。

这故事也表现了我的虚荣早就显露端倪，你仔细看这个故事，总结出原型即为：主人公会不情不愿地做一件事（写应试作文），因为聪明和专业会把这事做得挺好（获得高分全年级传阅），过后会得到好处（一个单纯女孩子的单纯喜欢），主人公一边享受这好处一边自我厌恶,再一边享受这好处。坎贝尔老师,这回懂我了吗?

拿这个原型套我做脱口秀这件事聪明的读者应该很容易就能发现共通之处。

这本书说实在的,就一个目的:让你了解我。

我频繁讨论本书的目的,就是想,人生没有目的的话,我拼命写一个写我人生的书写出了目的是不是就有了目的?

这故事原型恐怕会是我一生的故事原型,不知道心脏停跳一事会不会对它有所惊扰。

九

当天录完节目小吕约我喝酒,说好久没见,在他自己的会所。

那会所在一个楼顶,顶层的顶层,最顶层还有一个四合院,小吕比我想的还有钱,会打德扑的人真是了不起。我们喝着酒,我时不时去摸我的心脏。

"李诞!"

一个醉醺醺的女人尖叫,喊完冲过来亲了我一口,大家都笑，我也只能笑，小吕搂住我说，"别看了别看了，都收了手机，我这儿你就放心吧，再说就是被拍了有什么的，我看你也不爱当艺人。"

我很诧异小吕最后这句话的意思，他是怎么感觉到的，有钱人真是各方面都比我们强是吗？

小吕说，"妈的出来玩担心成这样，你不如来我公司得了，我看你以前也干过广告，又这么懂年轻人是吧，说点儿啥人家都爱听，你来给我当个市场总监什么的呗，挂个副总。"

原来只是社会嗑，并不是感觉到了什么。

我说，"我不能撒那个娇，能靠着别人喜欢赚钱是福气，不干了要倒霉的。"

小吕这人说话非常直白，我见到很多有钱人，或者还没有成为有钱人但我感觉早晚会成为的人，都这样聊天，他突然说，"其实我也挺喜欢文字啊，这些东西，就是懒得写，艺术嘛，也懂，你看我刚买的。"

他翻开手机,里面的画是国内一个很红的当代艺术家的作品。

"这是朋友,他以前不这么红的时候我就认识了,也老来这儿喝酒,两个孩子都送出国留学缺钱,我说你给我两幅画,孩子我给你养,哈哈哈,其实我知道他要涨。"

我说,"你是真喜欢还是就是为了涨价。"

小吕说,"就折腾啊,待着干吗,我又不像你那样那么爱想事,我有时间有精力就折腾。你怎么一直摸胸口,胃不舒服?"

我说,"小吕,我心脏不跳了,你摸。"

他伸手摸,"没事啊。体温也正常,再喝点就好了。"

我说,"你摸不到?"

他说,"摸得到,啥事没有。"

我想说我人死了，活死人。我不是悲惨的活死人，我什么都有，我是，我该怎么说——哲学上死掉了。我还没喝那么多，说不出口。

我说，"你活着就为了折腾吗？"

他说，"多好玩啊，兄弟们一聚，酒一喝，这么多姑娘，最好的音响，聊点事儿，干点儿事儿，改变改变世界。"

我说……

他说，"你别说了，你这个脑子得跟上啊，我发现你们这种人，包括我那个艺术家朋友，也挺聪明的，虽然没我聪明吧，但绝对不傻，我上次也是喝多了，跟他聊天，聊艺术一路聊到20世纪，我给他总结了，为啥总是不高兴，就是脑子里装的还是20世纪的水，没有及时进入21世纪。21世纪的重要思想家就是比尔·盖茨他们。重要的思想事件就是比尔·盖茨每年的书单，巴菲特的午餐，扎克伯格的新年计划，贝索斯在山里挖了大洞放大钟，马斯克发神经，乔布斯发完神经留下的那些遗产，就这些，这些就是最牛逼的。21世纪为啥好，就是这些最有钱的人同时也是最聪明的人，也是做最多善事的人，也是最开放的人，甚至还是最酷的人，真！善！美！集齐了，你说牛不牛逼？艺术家哲学家不行了。"

我说，"你也是这种人。"

他说，"我当然是，我还在努力啊，你别不承认，其实你也在努力，比尔·盖茨推荐的那些书没准儿你看得比我多。而且你老跟我玩儿，就是努力的表现。你不要自尊心受伤啊，我说你努力，肯定不是这些妞那样的努力，是你想看看新东西，想知道我在想啥，我特别理解。"

我说，"可是我还是常常迷惑，看了学了，心情没变好，还不跳了，这是怎么回事。老是这明白了一点，那里又糊涂了，今天明白了的事，过两天回头看又难受了。这是为什么？虽然我自己都说过人不该问为什么，可就是不受控制，为什么？21世纪对为什么回答了吗？没有回答，而是绕过去了，这又是为什么？那些绕过去的方法都很牛逼我承认，我也很认可，但我还是总想问为什么。你别嫌我啰唆，我现在也不是在跟你说话，我是在写我的小说，所以要说清楚。"

他说,"你把我也写进你小说里啊?好好,给我搞帅一点。"

我说,"你看,21世纪的人就是很容易接受一切,不觉得任何事情奇怪。"

非常帅气的小吕非常帅气地说,"喝多了就吹牛呗操,我们这种人更有想象力啊,你写小说,你在虚构中创造,兄弟我在现实中,在地球上,在中国在美国在日本,在北京,在他妈的这条街上创造,没有我能有这酒吧吗对不对?这就是想象力,这还没说我的生意呢。你小说前面提到过《利维坦》,这书就把人类所谓自然状态写得太恐怖了,互相残杀。我在一本书里读到,好像就是比尔·盖茨推荐的,说《利维坦》那样认识世界,恐怕就是因为作者活在一个战乱年代,没过过好日子。我觉得这个很有启发,20世纪那些什么艺术家哲学家,全是活在那样的时候,受了太多委屈啊,天天看屠杀,自然会有不好的联想,肯定觉得人类不行。结果你看你,都活在21世纪了,日子过这么好,咋还往坏处想呢?肯定不是自己想的,肯定是脑子里装了20世纪的水。"

我说,"如果霍布斯泉下有知或在天上有知,他会否这样讥讽这个21世纪同行的作品：你这样认识世界，对人类充满信心，相信进化相信利他，恐怕就是因为你活在一个和平年代，过了太多好日子，玩儿了太多手机。不过我不抬杠，我也更认可21世纪的作家们，我就总是觉得不踏实，觉得问题还在。现在全是人工智能，脑子插电，意识上传，永生，都成神了，人神，但，我就想说，人神就不会问为什么了是吗？将来我们都永远活下去，问题就没了吗？"

小吕说，"李诞，我印象中你不是这么糊涂的人，相信科学啊，解决的问题肯定比创造的问题多。你别跟我说你也要上山吃素，远离人类文明。"

我说，"我当然不是一个把美丽新世界挂嘴上吓唬人的笨蛋，你不要怀疑，这个时代好得不得了，我从来不觉得外部世界是主要问题，我时时难受的是感觉自己配不上好时候，总是不得劲。我觉得是内部世界有问题，不光是我，是人类。我真要是一个反对现代文明的人也就踏实了。我就是不踏实，贪心，我觉得这些都很好，又老觉得不够，看不到头，我难以持守的是我的心。我怕的是无论我的生活怎么改变，世界因为你们的天才进步成什么样，因为我的努力我进步成什么样，我的问题都无法解决，我就是感觉我从小到大这么长起来，哪一种生活哪一种知识哪一个人哪一个神，都没能解决我的问题。这是无知解答不了的，因为它有种随着我的有知愈发变幻莫测、无法解决的趋势。我最怕的是什么你知道吗？怕就算科技能将我意识上传，我无所不能，一秒钟学会全部知识，我还是会像一个弱智一样，在无尽的网络中问：为什么？到时那'为什么'也不比现在更难以回答。同样的，我也怕就算信了主，做足了忏悔上了天堂，结果，我的天堂就是一个写满了问号而没有句号的地方，我可能最喜欢的就是这个，我自己一生受困于此又不肯承认，上帝以祂的仁爱先我一秒发现：我爱的根本不是答案，我就是爱问题。"

小吕说，"也许这就是这些问题的关键，它们就是不需要解的，你这些困扰很幼稚而且不新鲜。"

我说，"有多不新鲜？是否正如人类的问题一样不新鲜？你有没有发现其中的必然？"

小吕说，"你小说就写这些啊？这能好卖吗？到时候出版了我买三千本给我们公司人手一册，但你必须把我写帅一点。"

我说,"那我也就告诉你我写这本书的目的,和我在这本书里与你谈话的目的。我老听到人哀叹,今天的人都不思考活着的意义了,我真觉得这没啥好哀叹的,我最羡慕的就是不思考活着意义的人,真都不想了绝对是好事。但这种事,你一旦开始思考了,就只能通过不停思考让它停下,回不到那种自然(这里取道法自然的自然,意思并不是大自然,而是自己就那样就成,存在的理由不假外求)了。我想停下。我想试试都说出来是不是就能停下了,不求有人解答,哪怕像你似的,笑话我一顿,我一害羞,是不是就能停下了。"

小吕说,"我比你大十岁,我三十的时候可没你这么潇洒,还有空想这些,我二十的时候也不怎么想这些,我就想有钱,有自由,我拼命干,拼命学,斯坦福很累的。而且,咱是中国人啊,我们中国人就是看得开归看得开,世事无常淡泊名利,但做事一定要拼命又谨慎。你知道我那时候每天最舒服的事是什么吗?就是把手头儿事做完,看一会儿球赛,看会儿体育新闻,活儿都干了,我就没有负罪感了,当时我就想明白了工作的意义以及活着的意义:就是可以没有负罪感地看体育新闻。"

我说,"你这段话很像脱口秀演员会说的话。"

小吕说,"对吧,我就说我也幽默得很,搞你们这个有啥难的,什么幽默,不就是不正面回答问题吗?别琢磨了,酒喝完一瓶了,我看啊,你就思考吧,这是兄弟作为生意人给你的意见。你能赚钱就是因为你爱想这些,把自己想得巨苦,然后就说说说,别人就愿意给你钱,别停。按你说的,以后你上传到了云端,估计还是得写字,到了天堂,我给你盖个剧场,你就站在一堆问号里说说说,上帝来也不免票。你看那个妞怎么样。"

我说,"你知道我就算喜欢也不敢。"

小吕说,"兄弟再给你个建议,多出来玩!好好疼老婆,但是多出来玩,他妈的,全好了!人生充满希望!一夫一妻制搞错了我跟你说,把你放在古代肯定天天泡青楼,你还有空想这些。"

我说,"于是我们的对话就缓缓收回到了男男女女这些普通话题,大家酒都聊醒了一点,不好意思再聊那些了。"

小吕说,"对啊,对话就到这里,缓缓结束。"

我说，"你晚上躺床上，搂着刚那女的，会回想我跟你说的这些吗？"

小吕说，"我只会想我有多帅气。"

十

那天那里女的太多,我还是怕被人拍,提早离场回了酒店,路上收到牧宇的微信,"我回国了,母亲前两天去世。"

牧宇说,"我怎么这么平静。"

我说,"听说好像都是这样,一时反应不过来,我爷爷去世时我也是如此。"

她说,"听说后面会突然有天开始,非常难过。"

我说,"我后来也没有怎么难过过,我只梦到过爷爷几次,有回他拿了板凳让我坐在他旁边,我不坐,内疚醒了。"

她说,"聊点别的。"

我说,"读什么书了吗又。"

她说,"《洛丽塔》。"

我说,"看不下去,有点道德压力,他那种对女性的爱慕,我只有十六岁的时候才有。"

她说,"所以写得可爱。"

我说,"看不明白一个小女孩儿有什么大不了的。"

她说,"你该为自己感到遗憾,那小女孩可用每人心里最爱的、最神圣的东西去替代的。你世故。娱乐圈果然还是有害。"

我说,"而且纳博科夫对陀思妥耶夫斯基评价很不友善，我讨厌他。"

她说，"你又拿脚尖试水温，人家俩俄国人，俩作家，跟你有什么关系。"

我说，"我心中可能就从来没有过神圣的东西。"

她说，"刚不还为你的陀思妥耶夫斯基打抱不平呢，文学也不神圣了吗？"

我说，"对我来说，可能只有死亡是神圣的，我知道这时不该跟你提起死亡，但你看看这个。"

我把之前那一大段写在成都路边烧烤摊的话发给了牧宇。她看完后以典型的创作者的口气回复道，"很不错，很珍贵的感受。"

她说，"不过你说的那面，那让人害怕的一面，我也没看过，我也不知道我为什么觉得自己应该看过，虽然咱俩从来没见过，但文字交流天然更深？"

我说，"人可能很原始，还是需要一种气味。我天天都在说话,都在跟人交流,但我不信那么多陌生人真是因为我哪个狗屁金句喜欢我,只能是一种整体印象,一摊东西扔过去。"

她说,"我妈去世后,我还是有反应的,我感觉和所有事都很有距离感,我回来在飞机上就想那飞机要是一直飞下去就好了。又很久没回国了,一切都太不真实,大家也不知道该怎么跟我说话,互相都很扭捏,在这样的时候又不得不安慰。我从小也不是招人喜欢的孩子,就我妈还行,还挺喜欢我。"

我说,"我想说,'很不错,很珍贵的感受',有点不敢讲。"

她说,"这也许就是你说的气味,如果咱们够熟悉气味,能确定不会被对方误会自己有恶意,就敢说了。"

我说,"感觉好点吗。"

她说,"很累,忙了一天没吃饭。"

我说,"你地址给我,我给你点个外卖吧,你也不知道啥好吃。"

她说，"好，谢谢。"

那天我给牧宇点了一大堆吃的，一个人根本吃不掉，我跟她说，这就是中国人的善意，多吃点，就吃，只是吃，为吃而吃，想这顿饭是你最后一顿，是一个老太太的最后一顿，是你好不容易在山上挖到的野东西，你饿了半辈子，世道对你不公，总有男人折磨你，有女人抢你，世上都是别人的，只有吃下去了才是你的，赶紧吃，不要陷入什么普鲁斯特时刻，就是吃，把下巴摘了吃，把头盖骨掀开了吃，吃缺氧，头发吃立起来，汗滴到碗里，吃到视力下降，吃到忘掉烦忧，早升极乐。

过了好久，她回了国才跟我说，那天吃那堆饭时，还是没能做到不想，只是感觉到了安慰，感到了我们是朋友，也明白了为什么我们总是说不到一块儿去却还在聊天。

能常常聊的朋友都是说不到一块儿去的，都有一块自己的不会改变的石头，压在各自的舌头下面，每次聊，都会磨这块石头，确实会每次都磨掉一些，但你的石头还是你的，我的还是我的，磨不到，只能自己磨，有时真怀疑，聊天到底是在聊什么？人和人真能交流吗？

肯定是能的。就是交流整体印象，像我跟小吕那种交流，同我跟牧宇的交流是一模一样的，我们真的在聊21世纪或者文学吗或者死亡吗？我们真的关心吗？我们只是把自己作为一个整体，一摊，扔到对方的印象中。舌底的石头不会改变不代表刚刚的交流没有发生，发生了的，你作为一种形象进入了别人的大脑，说到底，你那石头也多少磨损了一些，比如我此刻多少觉得，我可能确实有些世故。

人和人一定是可以交流的，我知道你因为孤独，因为生活，总忍不住地想说，"人和人不能交流"。可是当我听到你说这句话，我一点头，我一认可你，就证明了人和人可以交流。这就形成了一个悖论。这种从逻辑上证明别人错了的办法是我读那些哲学书唯一的无用收获。别人错了又怎么样呢？

牧宇总是批评我，从来没有夸过我，我因此觉得她很诚实。我也常接到别人，尤其是同事的抱怨：听不到李诞夸人。

我不爱夸人，总夸人不是正经人。

很多骗子写的管理学书，都会有一段嚼着槟榔（下次看到那种书可揣摩作者如是的画面）教你怎么夸人才能让人心甘情愿卖命。绝对不是骗子的康德也说，夸人跟批评一样是控制人的手段。巴甫洛夫肯定很同意。那你说我是听康德的还是听槟榔的？也许听槟榔的能帮我赚钱，但是不好意思，我恐怕比他们有钱——有钱还是好啊有钱可以听康德的——没钱我也听康德的。想对正读到这里的同事们说一句，你们挺好的，不夸归不夸，我真觉得你们挺好的，好到什么程度呢？刚刚好就好到你们赚到的钱那个程度，上下出入不会超过你心里幻想或觉得有愧的那个数字的十分之一。

我真是个很讨嫌的人。

我是可以掌握那技巧的，我其实已经掌握了，在被抱怨后，我也夸过人。不就是专业吗？要我再专业一点，我就再专业一点，夸完大家心情都好，工作也顺利，人家也能夸我两句，而不只是吹捧和冷言，也能让我高兴高兴。可我会感到舌头底下不舒服。

我舌头下面有太硬的石头。

十一

我跟老加同一班飞机回上海,再一次,我看着窗外的云。这距离我们上次一起坐飞机已经三年了,上次坐经济舱,这次头等,上次心脏还跳,这次不跳,上次心情是不知道要飞向何方,这次也一样。

老加说,"公司发展成这样主要还是幸运,踩中了几次时间点,我们三年前不抓住机会进场,就没我们了,运气好啊。"

我说,"老加,我要跟你说一个事情。"

老加说,"你说。"

我说,"我想辞职。我觉得公司战略没有错,是想做一家没有李诞也成立的公司,可是我作为李诞,不想等着不被需要时再离开。"

老加说,"你打算去哪。"

我说,"我要说我啥都不干了,就等死,你信不信。"

老加说,"我信,你也不花钱,但我不信你是为这个理由辞职,你恨不得没人需要你,都不烦你没人管你才好。"

我说,"那行,那说实话,我就是身体出了问题,但说了你也不能理解。其实还是心里出了问题。"

老加说,"是觉得不想当头儿了吗?我知道在一个领域被人当头儿盯着心情肯定不好。你对这个行业,对其他演员都是有感情的,是感情被伤害了吗?"

我说,"我也没那么多期待。"

我又看向云，我意识到自己在撒谎，我肯定是感到了伤害，不只是感情。我是真的想辞职吗？这可能也是在撒谎。

老加说，"要不就休息一段时间，拿点钱出去花一花，刺激刺激。"

我说，"我最近想了个段子，结尾是这样的，你听听。我没钱的时候就不喜欢钱，就不认为钱能解决问题，但我当时那么说吧，被人骂吃不着葡萄说葡萄酸。行，那我就挣钱，挣到钱了可以说钱的不好了吗？更不行，会被人骂是得了便宜卖乖，你说这些人掌握这么多俗语干吗。"

老加说，"然后呢。"

我说，"完了。"

老加说，"这没底呀。"

我说，"你现在是会看脱口秀了。"

老加说,"你现在不也比那会儿更理解世界了吗?多好啊,都进步了。"

我说,"老加,我就算理解了,我也还是不想玩高矮胖瘦的游戏,我想离开这些,不想玩别人的游戏了。"

老加说,"去哪?哪都是这些呀。我最近找了个心理医生你要不要看看。"

我说,"咱俩用一个心理医生,会不会他就很容易知道你心理问题是出在哪了。"

老加说,"你还行,你没给我造成什么困扰,大家一起做事就是互相帮助。你别总瞧不起人,我也是有我自己的烦心事的。"

我说,"要是没这公司你去干吗呢?"

老加说,"我就开另外的公司了。"

我说,"我要是不干了,这公司还会存在吗?"

老加说，"你不会不干的，你自己也知道。咱们干一回，中途跑了不像话，最差还不得把它干破产啊。"

我说，"你现在还有了幽默感。"

装修新办公室的时候，我跟老加要求过，买一个飞机上那样的座椅放我办公室，我在小桌板上写东西效率是最高的。很多人都这样。据分析是认为在飞机上排除干扰，注意力集中。

我认为不是，我认为是人在天上会更加感觉不到自己是谁，会察觉到自己是多余的，会察觉到飞机就这么一直飞下去似乎也可以，于是赶紧工作，想和地面重新发生联系。这还是胆子比较大的人。胆子小的，在起飞前最后一刻都不肯关手机，一定要打电话，一定要大声说话，空姐怎么制止都不行，那是要他的命啊。你们听他说什么几千万的生意，其实心里喊的都是，我不是多余的，不要忘了我。所以飞机落地了他们也会第一时间打起电话，但这个时候你注意，他们语气就缓和了，也不喊了，因为他又觉得自己是人了。

老加说，"你这个段子比刚那个强，加上表演能改出来。别辞职了,你说你运气多好,没吃着苦啊,我像你这么大的时候,天天在吃苦。"

我说,"运气好这事,只能我说自己,别人说我我又不高兴。"

老加说,"理解理解,跟你个人的努力当然分不开,我吃苦也是因为没有你的天赋。可是他妈的还有好多没我有天赋的过得比我好,同时也有好多比你有天赋的在吃苦。你不学佛吗?这些你总明白吧?"

我说,"学佛也不是为了明白这些,是为了不成为这些。"

老加说,"你出家也是个好和尚。"

我说,"我就算辞职了,可能还会在剧场说脱口秀,真是他妈奇了怪了,当初咱们去深圳那会儿,我是真不是想干这个,就是为了钱,真没有深圳朋友们身上的热情。现在反而不为了钱也要干这个。我一个朋友说,我去了天堂也要干这个。"

老加说,"可能这个才叫天赋。会说会写会演,都不叫天赋,就这种不得不干,自己都没想过干,糊里糊涂,死了都要干。"

我说,"这不叫天赋,你说的这个东西叫命运。"

老加说,"一说命运,悲剧感又出来了,又喜剧的内核了哈哈哈。"

有可能就是老拿形容舞台上的东西的词来形容现实,什么悲剧喜剧的,所以离不开舞台了。舞台原本就是巫师跟天通心意的地方,越想越适合我,我不就是觉得世界容不下我吗,不就是觉得有东西在心里坠着说不出来吗,又不肯死,那就住在台上,跟天说吧。

老加说,"你也不可能出家,去了哪个庙也得担任要职,到处开会,坐头等舱。"

十二

从机场回家路上收到了最意想不到的人发来的消息，黎曼。

黎曼说，"我休学了，回国了，准备接家里的事情。"

我说，"不拍电影了？"

黎曼说，"发生了一些事，让我觉得家人更重要，电影也许以后再拍。"

我说,"哈哈哈,天啊,这是什么语气,你拿错台词了。"

黎曼说,"我们还能见面吗?"

我说,"可以啊。"

黎曼说,"谢谢。"

我说,"怎么不充满爱但是我完了?"

黎曼说,"现在能理解你了,我也长大了,以前太傻了。"

我说,"啧。我最近又重新写小说了。"

黎曼说,"好啊,真好。"

我说,"你长大了,我长散了,一阵阵想变小,变回幼稚。那时那样讽刺你的话现在说不来了。"

黎曼说,"你讽刺我也对啊,我就想着艺术啊,改变啊，颠覆啊，做出作品，拿奖，跟最好的导演工作，在洛杉矶参加跟我没一点关系的游行。"

我说，"可我讽刺你，并不是为了你好，我只是想显示我才做了正确的选择，我努力赚钱，工作，负担起责任，可我一定有好下场吗？真不该在你长大的这天跟你说这些。"

黎曼说，"我真不该陷入到那种情绪中去跟世界作对，却觉得自己都是对的。"

我说，"我真不该陷入到这种情绪中跟自己作对，却觉得世界对错与我无关。"

黎曼说，"你别说了，我好不容易长大了。"

我说，"我得说，这种长大的错觉在将来肯定会意想不到地打破，到时不要慌，会有新的答案。这世界在打圈。"

黎曼说，"我只是想到，无论如何，跟你绝交是不对的，不至于，你没对我做什么。"

我说,"这我同意。可你跟我绝交那天让我很开心,感觉到了受尊重,以一种那样相反的角度。"

黎曼说,"你好像越来越出名,我爸我妈都经常在家看你节目,我妈可喜欢你了,说你是个好孩子,聪明,人不坏就是懒,我也没敢说认识你。"

我说,"毕竟我是 do 了太多 fucking stupid reality show。"

黎曼说,"你别说了。"

我说,"你接家里什么生意。"

黎曼说,"我爸做衣服的。我还在跟我爷爷学中医。"

我说,"你这告别西方也太彻底了,你不再干脆练练气功吗?咦我怎么一跟你说话就忍不住讽刺。"

黎曼说,"这件事可能是这样的,我爷爷说,有时病人来看病,就是他的手搭到脉上去,跟病人说一会儿话,那人就好了,什么都没发生。他就感到了安慰。你可能是感到了我在用手搭你的脉。"

我说，"人和人能和解，是无论东方西方都很少发生的事情，我感到激动有点语无伦次你也能理解吧。尤其是你走的时候和回来还变了样。"

黎曼说，"我们学校有个专业叫艺术疗愈，以后赚了钱，我想去学那个。"

我说，"我们每次聊天都恰在彼此人生的节点，我最近出了两个事，一件等会儿再说，另一件就是我终于想明白了自己的价值，虽然我活着没有意义，但我对别人有价值，就是疗愈，陪伴！真不是抄袭你！我打开脑子给你看它在几天前就有了，就像你放弃我那天我刚梦到你。我就是发现，很多人都会陷入像我一样因为找不到意义，感到愤怒悲伤的坑，越敏感的人越容易陷入——比如你这样的，我的朋友王简阳那样的，还有牧宇那样的。敏感不是一个分布广泛的情绪特质，长期处在敏感状态的人很少，所以你看电影就很明显，谁是主角？谁敏感谁是主角，配角就是不敏感的，反派也是那种演员能赋予角色敏感的更招人喜欢甚至压过主角——扯远了，说回我的价值。不是只有敏感的人会陷入无意义的大坑,人人都有敏感的时候,这时,就是我有价值的时刻。我一直在这坑里跳进跳出,我根本不凝视我直接融入,我虽然想不通这坑里的答案（正如所有了不得的和不入流的哲学家都想不通一样）,但我经验过于丰富,以及最可贵的,我在我正在写的小说里说过多次的——我诚实,我还有幽默感（此处应该贴个笑声）,有一张一看就不像是善于思考的脸——我这脸能骗过深坑,我在情绪的碗沿儿上,与这些敏感的人以及平时不敏感忽然也掉坑里的朋友——实现陪伴。这就是我的价值,我一向信赖你的诚实我也对你诚实并且相信你不会笑我——"

黎曼说,"——我不会——"

我说,"——我觉得我已经难得救了,至少现在还没有,可我要是专注在自救上只怕永无宁日,就像月亮绕着地球跑不掉我也会沿着坑边跑——我凭什么啊我又不傻,我决定我要拥有一个愿望——这已经是离开坑的第一步,我有愿望了天啊！我的愿望是,用我自己,我这个人,我这个整体印象,这一摊,丢到别人脑袋里去。我就这么陪伴与我同名的那些情绪。"

黎曼说,"我想起来当初怎么喜欢过你了,你真的是太不要脸了——在那个好的意义上。我不会笑你,很替你高兴。可我没听明白,你是想做时代的一种麻醉药吗?"

我说,"哈哈哈,你怎么上街游行的口气又出来了,我是又跟什么资本合谋了是吧。"

黎曼说,"世界是在打圈啊。"

我说,"我有朋友皈依的老师这样解释过,说佛法认为世界是梦幻,同样佛法也是梦幻,不过佛法是让你从梦中醒来的最后那一个梦,教人佛法就是成为这最后一个梦。我们都知道,让人醒来的,一定是噩梦。我不懂佛法,但我很想成为一个噩梦。"

黎曼说,"就像电影里面那种敏感的招人喜欢的反派。"

我说,"却同时是无尽温柔。"

黎曼说,"等我去找你玩,看看你有多噩,有多温柔。"

我说,"你真长大了,你现在说话像个女的。"

黎曼说，"我没有替你担心过，你总能过得很好，至于活得好不好，只有你自己知道。你刚刚说还有一个问题来着。"

我说，"我心脏不跳了，要等你号号脉来诊断。不过别人似乎摸不到。"

黎曼说，"那你等我诊断，也许就像我爷爷说的，有人手搭上去，愿意听你说，你的病便好了。"

那天我跟黎曼聊了很久，聊了美国英国，最后还聊了两句女权，没再提过一次我的心跳。

我声称能给人带去安慰，却总是得到更多安慰。谢谢你们，谢谢。

这时，李诞心底贪得无厌的声音又响了起来：我想得到爱，我能得到别人的关怀，能得到崇拜，却不再有爱了，那种脏的，不体面的，丢脸的，拿一瓶红酒传来传去的爱，再也没有了，这世上为什么没人再给我爱了——这是件好事，快闭嘴吧别说了，这是天大的好事。

十三

到了家,我翻出那个电子念珠。

我有几个很虔诚的佛教徒朋友,一直劝我去修习,说,"深知你被自己困住。"

其中跟一个朋友第一次见面,我就喝醉了骂人家,打人家,还揪了人一绺头发。醒后什么都不记得,一路心怀愧疚,在人家面前再也抬不起头来。他们两口子都信佛,总找我喝酒,我不再敢喝多。女的是唱歌的,两口子要拍个MV,找我,要去印度拍,找我扮演一个疯僧。

男的说,"就要你喝多了打人那天那个劲头儿,太疯了。"

我说,"但是,僧吗?"

两口子笑。

他说,"你又这么聊天,李诞,你就是脑子太好使,结果嘴比脑子还好使,机锋一个接一个,那还是机锋吗?我劝你实修。"

我说,"你这是啥。"

我把他指头上的念珠抢到自己手里。

他说,"这是老师给我的。"

我说,"给我吧。"

他说,"我都按了五年了。"

我说,"谁按不是按呢?"

两口子又笑。

他说，"你又来了。"

我套在手指上按动，按一下小小的液晶屏幕上就多一个数字，搁在以前，我准有一肚子讽刺话要说。

我说，"越按越着急啊，挺醒酒。"

他说，"李诞，你真的，实修，能救你的命，喝多了没啥用。"

我说，"修是为了用吗？"

他说，"疯僧就你演了。"

他们还带我去参加过法会，聚在一起打坐，听经。我坐在那，观呼吸的时候想到（真不应该呀，闭上嘴了脑子更快了），聚在一起这事大于对面坐着的老师也大于佛像。

大家面对面坐着时，说醉话，面冲一处时就安静了，精神上就有了共鸣。那一处站着歹人圣人,放着什么像,都不重要,重要的是能面冲一处。我说我能干跟天通心意的活儿不是妄想,我那个神学家英语老师看过我演出说,"你很像牧师,能调动众人情绪。"

我说,"我佛教徒朋友也说,我很知道怎么跟善男子善女子讲话。其实没什么特别的技巧,只要诚实,大家都觉得我很'会',可我从来没想过怎么'会',我只是说,只是诚实,大家爱听确定的话。"

他说,"你确定什么呢?"

我说,"我在台上都在说我不懂的,我很确定我不懂。"

歹人见人都冲着他坐定了,听他说话,就忍不住要讲歹话,骗众骗自己,最后一定是下地狱。这个我能忍住,我连自己都骗不了。

不过,我说,"坏人下了地狱为什么要受折磨呢,地狱明明是上帝的敌人掌控的,他为何帮上帝维持秩序,他该把地狱打造得很有吸引力,跟天堂竞争。"

我的英语老师说,"你真是搞喜剧的,这很适合拍成美国那种屎尿片喜剧,地狱门口站两个大美女不穿衣服发小卡片。"

我说,"我经常想到自杀,是魔鬼的诱惑吗?"

他说,"是因为不信。"

我说,"而我从来没有实施,是这诱惑不够吗?"

他说,"是主的牵挂。"

总之,我就是那么得到这个电子念珠的。我到了家,翻出来那个电子念珠,戴在指头上,一下一下按,模仿曾经脉搏的节奏,看看是否能把心跳按回来。

秦典说,"晚上都叫了谁。"

我说,"你摸我胸口。"

秦典说,"怎么了,摸什么?"

她摸。

我说,"我心脏不跳了。"

秦典收回手。

秦典说,"那不是遂了你的愿。"

我说,"我晚上叫了简仔程哥蒋元一堆人,想一起过一个剧本。"

秦典说,"你给我讲讲先。"

我说,"——我说的中途他们就来了——我想写李诞这人,不做艺人以后开了一个酒吧。他非常落魄,他就是出了事,喝多了在大街上拉屎被人拍了,所以被娱乐圈淘汰。这酒吧是在他有钱的时候开的,当时是锦上添花,现在成了他的经济来源,李诞勉力支撑。店里还有两个店员,一个是想向他学脱口秀的毫无天分的胖子,一个是躲追杀的帅哥,常来的顾客形形色色,都很有一套,李诞就在这里每集两条线,二十分钟,说些怪话,弄个情景喜剧。"

王简阳说,"有点老套,再说你还没红到能写以自己为主角的情景喜剧的地步。"

剧的话题到此为止,一句不再多谈,你说我为什么爱王简阳?

我们又开始聊起了其他的前世今生凡此种种。

我说,"简仔,你手里那两三个开了头的小说,写完了吗?"

王简阳说,"别提了,老李,我这辈子浪费的时间比我这辈子都多。"

我说,"你的感情生活怎么样了。"

王简阳说,"操,咱们聊聊我新看上的一个电视吧,贼大,贼好,放在我屋里,我屋里连我都放不下,那一开,淤出来。"

我说,"你知不知道看电视对智力不好,你看看书。"

王简阳说,"你看的书多,你是比我牛逼一点儿,可是不也就一点儿吗?"

我说,"那是我看得还不够。"

王简阳说,"多少是够呢?是不是你觉得够了就够了?那你觉得够了这事儿,看一本儿看一百本儿都有可能发生,那怎么能提出这个标准呢?"

我说,"你啊,生错了时候,你跟什么芝诺那些人要是一个年代的,你们有的聊。我给你起个新外号吧,以后就叫你理性小旋风。"

王简阳说,"我跟他对话还得学外国话,我就跟你聊得挺好。"

我说,"这就是看书的好处,看书使我能够既能跟你说话,又能忍住不揍你。"

王简阳说,"你是心疼我,你抱抱我吧。"

我把他的大脑袋抱在怀里,秦典在一边笑呵呵地拍照，其他朋友都常见这一幕，一边笑一边说恶心。

我不光常常拥抱王简阳，我经常拥抱我的朋友们，陌生人，有一个晚上我印象非常深，那是做完某个大节目，好多公司同事聚在一起喝酒，我转来转去，有人与我对视，我就跟谁拥抱，跟谁拥抱，谁下一秒就流出泪来，那一晚上觉得自己有魔法，碰到什么什么就变成水。碰到哪颗心，哪颗心就敞开一小会儿。

还有回在我家，有个谁是揣着好大的心事，说不出来，我搂着他的肩膀说，"我听到了，别说了。"

想起秦典有回形容我，忘了我们在干吗，她忽然说，"你伸手拿什么，都像是拿酒。"

对了！公司还传过我的绯闻，说我跟女同事睡觉，还答应给人家升职，还不止一回，成明码标价了。把我气坏了，想找人发作后来还是开了个玩笑滑过去了。只有回家生自己的气，是不是做人太失败了，怎么大家觉得我是一个会实施欺骗，接受性贿赂的人，会拿睡觉作筹码？我为什么就不能是跟人单纯睡觉？——当时就是这样滑过去的。

秦典说，"我不管你，你爱干吗干吗，不过谁找我麻烦谁死。"

王简阳说，"老李，你还觉得自己有魅力吗？你怎么说小吕的来着，钱越多权力越多，你自己的魅力就看不见了。"

我说，"我这点儿钱，这点儿权，在别人眼里，已经叫钱，叫权了吗？"

王简阳说，"我也不接受，可是，要不我就总说，人，真的，有一个算一个，都是大傻逼。传你这个事儿的人，在他心里不管当真当假，谁嘴上传了，谁心里已经很拿你当个人物了，很拿你手里的蝇头当个头了，傻逼不傻逼？公司怎么这么多傻逼？不，是到处都是傻逼，地球上七十多亿人其中有七十亿都是傻逼，不傻逼的可以忽略不计，当然同时也都是好人，但归根结底，还是傻逼。我有时也傻逼，我大傻逼，但我跟他们比可太干净了，哥们儿就是天山雪莲，还得用我家电视看，贼清晰，老李，我活得糊涂，但我做人贼清晰。"

我说，"我呢？"

王简阳说,"你啊,你想救傻逼,你比傻逼还傻逼。你还跟人交心,人家理你吗?就显你有心啊?"

我说,"可能我不是不图回报,我是图个更大的回报,就图你这种知我者谓我心忧。"

王简阳说,"书真的不能看太多,老李,赶紧赚钱,赶紧回内蒙古,找个小屋,我再给你买个电视,你就成功了。不对,你不能回内蒙古,你好好干活儿吧,我将来在东北把钱花完了出来还得找你。"

我说,"我可能还是有点不适应,拧不过来,还拿自己当小青年呢,腰里夹副牌——"

王简阳说,"——逮谁跟谁来。来不成了,谁让你要当明星的,当吧,这回好了,都认识你,哎呦,大明星。"

我说,"我经常觉得自己是一艘船,很不错的船,甚至还会成长,变成更好的船,还跟别的船有不错的联系,偶遇风浪也都能化解,雷雨天气当消遣,但有个问题我从没解决过,我没有锚。"

王简阳说,"那我就是一匹马,没有草料,没有朋友,要是没人拽着我,我马上就回到我来的地方,我真是一匹好马,我太马了,我老马了,以后叫我老马。"

我说,"你给我滚。"

我终究是希望人们读到这本书,能够放下一些自尊,捡起一些敏感。人人都该有恻隐之心。

蒋元说,"你俩可真行,但简仔你还是得学学李诞,不能这样。"

王简阳说,"我学他干啥啊,你看他,我晚上回家还有游戏,他只有他自己,典典,我不是说你啊——"

秦典说,"——我知道。"

王简阳说,"不过我也帮不了你,只能陪伴。"

周围人越来越多,我家喝酒就是这样,喝着喝着就想起谁来,或者谁在街上走着走着想起我家来,就推开门,坐下,把心事说出来。

我常说的一句话是，离天亮还早着呢。

我好像很怕大家散了，人散了就心慌，常常是一群人看着我喝，等我把自己喝栽倒了，秦典过来检查完毕，就扶住我跟大家说，"好啦！"大家才四散回家。

几个新来的坏小子知道我英语老师是研究神学的，就犯坏，问他怎么解释上帝造人这个事儿。英语老师脾气很好，说，"《圣经》有解释。"

秦典去书架上取来了《圣经》给他，说，"咱从头讲。"

我英语老师也爱开玩笑，不怎么生气，性格中有很硬的部分但他从不使用，那只是在那里，他只喜欢使用《圣经》。

他翻开《圣经》故意提高音量说，"起初——"

大家哄笑。

一个坏小子说，"别起初了，从伊甸园开始讲，你说我们偷吃苹果，上帝肯定也知道啊，他还让我们吃。"

他说,"上帝肯定知道,但他不想强迫谁。"

一个坏小子说,"那还把我们赶走。"

他说,"那是为了让你自己去选择向善,而不是被迫向善。"

一个坏小子说,"那为什么有恶?"

他说,"没有恶哪有善?善恶都可以选,可你为何偏偏选择堕落?"

大家哄笑。

我英语老师合上《圣经》,说,"这样吧,我也不给你讲了,你就说你最近有什么烦恼,咱们直接跟上帝祈祷。"

坏小子说,"上帝就能给我办了?"

"是的,上帝就能给你办了。"

坏小子说，"我新写了一个段子没有底，我能跟上帝要个底吗？"

大家哄笑。

他说，"你不能跟上帝要底。你只可以跟上帝要智慧。"

大家鼓起掌来，纷纷为酒后的英语老师喝彩，其他脱口秀演员也挑衅冲坏小子说，"完了吧，还搞喜剧呢，人家这多幽默。"

一个坏小子说，"搞喜剧的是搞不过搞神学的呀。"

我也鼓起掌来，上帝也鼓起掌来。

死亡坐在我旁边耳语，"你好喜欢这一刻啊。"

我对他耳语，"这不代表我对你不忠诚。"

死亡耳语，"我不怀疑，全世界都是想骗我的人。我也不在乎，反正早晚都要跟我见面。"

我说,"你听说了吗,我们人类中那些小吕的同类,正在研制永生的法子呢。"

死亡说,"骗术越来越高明了。"

我出了声冲众人说,"我有个问题啊,基督教是不许自杀的,自杀不能上天堂。那死后上天堂又是基督徒的终极渴望,可是如果将来马斯克那帮人发明出了永生,就在地上永生,所有人都永生了,那样活着是否在信教的人眼里跟地狱一样?他们要是活了一阵后悔了,不对,要说悔改了,他们悔改了,不想永生了,还是想上天堂,可怎么办?"

众人不应。

还是死亡向我耳语,"真有那么可怜的,到时我随便想个办法,就卫生间摔一跤,我就送他去他想去的地方了。"

我说,"这么说,真有天堂啊,不是都跟你会面吗?"

死亡说,"冲突吗?你当我是什么?一种神吗?我可不是你们造的。"

我说,"要是真有天堂,你不怕我变心吗?"

死亡说,"我说过真有天堂吗?只是过了我这关,能去他想去的地方。可是你,你有想去的地方吗?你有想去的地方的话,没事儿总惦记我干吗?"

我陷入思考,我看到死亡起身,我说,"你去哪?"

死亡说,"你不该问我来自哪吗?"

我说,"给我这念珠的朋友严禁我用反问代替聊天。"

死亡说,"可是他们信的师父却常常用反问聊天,所以你觉得这是反问的问题吗?"

我说,"这是我的问题。"

死亡说,"我就不喜欢那些信佛的,他们总是过一阵子喜欢我又一阵子忽略我,有时干脆忘了我。但是悉达多太棒了,你知道他最近在哪儿吗?"

我说,"我怕我问了,你就要带我去看了。"

死亡说,"结果却是陷阱?"

我说,"我跟你得说实话,我还是怕你。"

死亡说,"但你又想亲近我,你就想让我主动点儿,是吧?想我多体贴体贴你,不麻烦你琢磨,你最想要的,就是我发善心,发爱心,让你也卫生间摔一跤,让你坐在成都烧烤摊边上就有司机喝多了撞过来,不,你想要的下场比这还好,你想让地球另一边儿一个狙击手明明是要打一个抢银行的结果打到了地球这边儿的你,你就谁都对得起了,你最想要的是这个,对吧?"

我说,"可是你的性格,我发现,好像就是越想要的越不肯给,你跟那谁一样也挺幽默,我感觉我可能要永生。"

死亡说,"你发现的不对。就算我真这么幽默,也是跟你们学的臭毛病。"

我说,"我如果编造你说的话,你会怎么想?"

死亡说，"我定要严惩你，我给你安排一个最远的行星，让你一步一步走回来，让你走回地球，走到你编的话上，把它吞回去。"

我说，"刚刚你说的这段，就是我编的。"

死亡说，"有时我难免要同意《圣经》，你们不嘴馋的话问题也就没有了。"

我说，"你不再待会儿了吗？"

死亡说，"我们相处的时间总会是最多的。"

他向外走去，我看到他脚踩过的地方裂出不信的花纹，他经过谁身边谁就十分镇定离开谈话一会儿，我明明看见了他的脸却怎么都想不起来他的样子，他真有脚吗我含糊了，他是一摊，一个整体印象，我一下觉得他是风，把我这艘船吹远，不让我靠近，我找不到锚，海越来越平静。

我被海浪抚慰最后听到秦典的声音，"好啦！"

十四

第二天醒来已经傍晚，我收拾收拾打算去自己的酒吧演出，很久没去了。

黎曼对我讲艺术疗愈时，我就想到我这些年在舞台上，在剧场里的感受，那真是一种疗愈——我疗愈观众，也被他们疗愈。

我理解了为什么好多演员一提到表演就哭，就跳高，好像演员是个十分崇高的职业——我不觉得存在什么崇高职业，但他们那种幻觉我能充分理解了，因为我也享受到了其中甜蜜。我站到舞台上，创造一个幻觉，收获一些因为幻觉产生的笑声，然后自己也生出幻觉，就觉得——天下太平，人人都可拥抱在怀里，同哭同笑，可以就这么死掉——非常幸福不带一点负面情绪的死——除非这种想永远留在幻觉中不再面对现实的懦弱情绪也算负面情绪。它其实是的，它甚至是最基础的负面情绪，懦弱者的但求一死与正常人的贪生怕死，是一模一样的，两种情绪害怕的都是苦，只是对苦理解不同。

我溜达到演出的酒吧，跟老板说，"我最后一个上台。"

她说，"好，你的酒。"

我说，"今天不喝了。"

她说，"好。"

我说，"今天怎么样。"

她说，"挺好的。"

我就不该搭话,她跟人说话就这样,这人平时爱看拳击,我感觉她说话就像打拳。我因为欣赏她这种性格,就让她负责演出,脱口秀演员有种种毛病,见到她都很安静。

她说,"准备,到你了。"

我走上台去,掌声很热烈,我从来不在演出名单上,偶尔来演就算惊喜,主持人介绍也挺好笑,"接下来这个演员,没在我们的表演名单内,但是因为他跟公司高层有关系,没办法,不让他上也不行,还真以为我们脱口秀演员是多么反抗压迫的人吗?没有,我们跟你们一个德行,让我们有请李诞!"

我走到台上,拔下麦克。

大家好。

(欢呼,鼓掌,拍照。)

前面那几个人,都是送的。

(笑。)

是不是想不到在这样的低端场所可以见到我。

(笑,有人接茬,"没有!")

当然了,低端也是我自己开的。

刚从家出来,最近一直在家待得晨昏颠倒,现在晚上九点,但我刚刚起床,所以现在面对你们不知道该说什么,就跟你们每天早上面对工作的态度一样,就是,能出现就已经很成功了。

(轻笑。)

你每天早上睁眼的时候,就感觉自己欠世界

的，觉得还有钱没还，有活儿没干，有新闻没看，非常焦虑，去上班一路上刷手机，碰到的都是其他焦虑的人，人挤人，一路上一边缓解焦虑，一边拼命压制想把他们都打死的冲动。

（笑声。）

对吧，不要跟我说你挤地铁的时候，从来没有幻想过我要是有把重机枪就好了。

（有几声笑。）

嗯，不是只有你这么想。

（笑。）

这个幻想我上学的时候就有了，就是做课间操的时候，就想掏出一把重机枪来，大概在跳跃运动的时候，哒哒哒……（这里一定用表演处理得荒唐一些，模仿跳跃运动，唤醒观众画面感的回忆，表情要卡通一点，让观众彻底明白是在开玩笑。）

（中笑。）

所以我后来看美国人那种校园枪击案，专家还分析，说为什么会这样，我跟你说，发生校园枪击案是很正常的，真正需要分析的是，我们这些正常人是怎么忍住的，这才是很不正常的。

（观众思考。）

你去分析那些杀手干吗呢，什么原因，原因就一个嘛，没忍住嘛，垃圾，好像就他了不起就他变态一样，谁不变态？我也是变态啊，咱都是变态啊，可我们这些变态忍住了啊，我们比变态还变态。

（笑。）

我们才是新闻，我们才应该被专家研究，我们的照片才应该每天出现在头条上，为什么要让我们这些忍住了的去关注那些没忍住的？万一看着看着觉得，哎？我为什么要忍呢？

（轻笑。）

反过来还有教育意义,我们天天上头条,那些人本来都带着枪去学校了,一看,哎?我为什么不能忍呢?

（笑。）

你每天早上刷手机看新闻就这个心情,你在看什么,朋友们,每天早上看新闻是在看什么?就是在看谁没忍住,然后呢,看看他的下场,看到他下场不好,你才能忍住。

（笑。）

然后到了公司,你心态已经变化了,你早上醒来的时候,心态是你欠世界的,打完卡的一瞬间,就是世界欠你的了。

（微笑。）

妈的老子已经打卡了还要我怎么样?

（稍微大一点的笑。）

打卡代表什么，打卡代表我今天又忍住了啊，以后我建议门口打卡的音效，不要再"嘀"啊，"欢迎"啊，什么的，就找我给你录个音，你一打卡，就听到，"哇哦，恭喜你又忍住了！"

（鼓掌。）

其实你每天早上到了公司，今天第二重要的工作就完成了。而且已经非常累了，接下来就是用一天的时间，恢复精神，恢复精力，才好打起精神离开公司，也就是最重要的工作。

（笑。）

你每天回家路上，可能思考就多一点了，虽然这一天你啥都没干，但有些事情还是发生了，你看到谁不如你但是比你强，注意，这句话没有矛盾，你觉得他就是不如你但就是比你强。

（轻笑。）

比如你看到哪个男的挺帅哪个女的不错，比如回忆老板跟你说的哪句话是什么意思，甚至刚好想出一句绝妙的回应，是吧，总是很及时。

（笑。）

然后你就到家了，因为据说这时时间是自己的了，你开始想办法尽量让它有意义，比如出来看脱口秀，唉。（表演摇头）

（笑。）

然后你上床，打开手机，你想再干点儿什么，让时间好像是自己的，最后你越来越感觉都不是你的，什么都不是你的，你得到的这些也都是你欠的，你欠世界的，你怀着这种感觉睡去，在第二天一早，这种感觉达到顶峰。每天就是这样的。

就是这种感觉，没完没了的这种感觉，但是说不出来，我也一样，不过我最近尝试都说出来，我又写了一本书。（说着掏出我正在写的这本书）

（观众笑。）

（李诞把话筒插在麦架上固定，翻开书，正好翻到了这一页。）

别害怕，我不会从头儿朗读一遍的，再没人看我也没到这个地步。

（笑。）

（李诞开始看着这一页书念起来，一字不差，括号里的不念。）

我现在是正好翻到这一页（192页），今天，此时此刻，我出现在你们面前之前发生的一切事都已经写在前面了。此时此刻，我就从这里开始朗诵，朗诵之后会发生的那些事，我也早已写在这里了。

因为这是一早就写好的所以我不能保证好笑，你们知道，脱口秀是看现场氛围的，我念这个的时候，并不知道之前效果好不好，现场还剩多少观众，会不会有人在我讲枪击案时已经跟我吵过一架，会不会我念这个时，现场已经非常尴尬，请相信，你们再尴尬，也不会比我念自己写的小说更尴尬。（表演擦汗）

（笑。）

我现在只能一字一句念出我过去正在写的，如今正在出口的，将来才会被你们听到的这些话。

怎么样，品一下，（表演得瑟）作家对不对，写出来的还是得思考一下才能懂，再给你们念一遍啊，我现在只能一字一句念出我过去正在写的，如今正在出口的，将来才会被你们听到的这些话，为了使将来的你们听得明白，我将会念两遍。

（观众可能笑，可能不笑，可能认真在听，可能已经离去，可能刚刚死去的人已经复活，我只能继续念，因为这已经写下来了。）

如果你们中有人读了这本书，就知道我真的是在一字一句地念，没有开玩笑的成分，我这下面的内容不追求好笑,但也许你们还是会笑,因为我是在写心事,一个人在人群前诉说心事一定是好笑的。

观众朋友们!我总称呼你们是朋友,可事实上,永远是你们认识我,我不认识你们,这样称得上是朋友吗?这不是一个互动不要搭话。这是一个痛苦的问题。我只能说,我不拒绝跟你们成为朋友,甚至还有一点点渴望,可是,在我每次试图靠近你们的时候,你们的反应,都是跟我合影。朋友们,你们总合影的对象,往往是景点和食物。

(此处应该会笑了,我猜将来那时观众已经从最初我翻开书时的不适应缓过来,敢于笑了。)

所以,我是景点呢,还是食物呢,可能两者都是,在你们看到我这张胖脸的时候,你们拿我当景点,在你们听我说话的时候,我就成了你们的一种食物,一种能陪伴你们的食物,我敢保证,在座各位至少有一半都躺在床上裸体的时候看过我,我敢打赌,你们全部人有一个算一个,都在拉屎的时候看过我，我们就是这么亲密。

（有笑声。）

你们之中有语法好的，可能已经发现我在玩弄时态，我现在做的这件事，完整来说，应该叫做将来过去正在进行完成时，不对，因为这本书是合法出版物，它在线性的时间线上将存在很长一段时间，甚至永远存在，那么这本书里发出的声音，符合的时态就该是一般现在时。

所以我现在正在做的这件事情，用完整的时态来说，应该是一般现在将来过去正在进行完成时。而且由于我拿的这是本小说，这里写的东西不一定会发生，也就是我现在坐在这里跟你们说话可能并不是真的，所以这还是虚拟语气。

我正在用虚拟语气，用一般现在将来过去正在进行完成时说话。我想想自己写一回小说，能把这个时态写出来，算是有了一点创造。不知道外国作家有没有人创造过，不管，我就是首创。

我此时此刻彼时彼刻已经打破了现实和小说的界限,此时此刻,你们觉得自己是身在小说中还是现实中呢?从这里离开后就能回到现实中去吗?从前你真是从现实中来还是从我的小说中来呢?

听懂了吗,这里我就不再重复了,因为我相信你们也没人想听懂,你们只是在等李诞什么时候发完神经。你们对我已经有点儿溺爱了。

(笑。我确定。)

语法好的朋友会明白,我刚刚说的就是英语里的所有时态,我在做的这件事情,是在所有时间上,用所有状态在做。据教我英文的人说,只有上帝可以这样,嘻嘻,没想到吧,一个普普通通的脱口秀演员,不入流作家,一个人类,通过一本书,一个麦克风,再次做到了只有上帝才能做的事,正如很多前辈人类一样。

朋友们,你们喜欢我吗?这不是一个互动不要搭话。

（笑。我确定。）

我知道你们还是挺喜欢我的，可这种喜欢有时跟对景点的喜欢一样，有时跟对食物的喜欢一样，很少的时候才像对人的喜欢。什么是对人的喜欢，就是李诞这个人，拿着一本自己写的，在所有时间所有时态上成立的书，想把自己全部交代的时候，想极端真诚时，你们愿意听，你们愿意听我说完，并且不感觉到尴尬，你们尴尬吗？肯定尴尬。

（我希望这里可以翻个页，不知道印刷出来时能不能正好是翻页。翻页的话会有笑声。）

因为我们很少真诚地倾诉自己，我们甚至几乎不真诚地面对自己，你宁可面对手机，面对别的没忍住的人，面对我，一个陌生人，你都不愿意面对自己。这样大大方方地说出自己的想法，更是不可以的。

人们为什么害怕让人知道自己的心里话呢？显而易见的答案是，这很危险，我今天让你们知道了李诞是一个没有生趣，没有信心的人，也许明天你们就可以利用这个攻击我。给人看秘密，等于狗给人看肚皮，是不要命了。但我实在觉得，这肚皮，主要是给自己看的，想瞒住不给别人看，自己也就看不见。

我想我们都该掌握一种随处躺下大声倾诉心事的能力，我觉得心理医生这个职业是多余的，你们不觉得吗？还贼贵。你就大大方方说出来呗，为啥还要花钱雇人听，听完给你一堆你肯定做不到的建议。

我就这样大声说出来，冲着话筒，冲着人群说出来：我昨天晚上跟死亡聊了天，他不讨厌我，可是也不肯主动带我走。我总是要死要活,可他走时,我一动没动,根本不敢跟上去。在小说里我都不敢跟上去。

我在见你们之前,还发生了很多事,我跟很多人聊天,几乎把自己想说的话都说了——我不是骗你们去买书啊——因为我全说了也感觉自己什么都没说,我抱怨了公司,讽刺了娱乐圈,跟以前的情人和解,差点被有钱人包养——思想上的,我还接近佛祖,窥探上帝,我就差直接喊出来了,我想有人能救救我,今天,我又来给你们说脱口秀,你们能救救我吗?这不是一个互动不要搭话。

救救我。

(没人笑。李诞翻书,空气宁静,死亡在角落无声嘎嘎。)

此刻聚在后面听得完全不知所措的脱口秀演员们,他们现在肯定特别想交头接耳,但又不知道说啥,他们心里都在想,昨天喝的什么酒劲这么大我也想来一杯。一会儿他下来了,我们该说啥?是该夸他呢,还是躲开他的眼神呢,还是跟他喝一杯,还是像他主张的一样,把心事说给他听。

他们都在想,一点儿笑声都没有,他怎么还能一直念下去。为什么,因为这些情况,因为此时此刻彼时彼刻,你们的心理活动,都在我的书中写下了,写下了,就定了,定了的事情,我们就接受,就念出来,情绪是多余的。

我不知道此刻坐在下面,花了三十块钱买了酒水的你们,是几时认识我的,对我有什么样的期待,让我重新介绍一下自己,大家好,我是李诞,这是我给自己起的假名字,我来自内蒙古,那是真地方,我本来是个喝酒的,本来我应该已经肝硬化了,本来我今天肯定在哪个草垛边儿上晒了一天太阳,此刻我肯定是窝在一个炉子边喝酒,看书,看不了两页,我就会发酒疯,自己写起来,写的东西是什么呢?在那草原深处我的酒窖里，我也只能写自我介绍，我在醉中本来将会那样写道：我不能再这么喝了，我要改名叫李诞，我要去上海，我要不得肝硬化，不要众叛亲离窝在炉子边苦熬，我要坐在一个自己开的酒吧里，让人来听我说话，让人群助我远离孤独，我居然还要收钱，在那个我喝醉后幻想出的世界里，人们居然还都很喜欢我，居然会安静地听我说话，居然，在那醉梦中，我还有朋友，有男朋友，也有女朋友，他们也聚在酒吧里，手足无措地听我说话，他们有人爱我，有人怕我，有人第一次发现，原来根本不了解我，他们在那酒乡中注视着我坐到舞台中央，坐到所有灯光目光最亮处，拿起一本书，让所有人看我的肚皮，真真认识我，他们将看到我捧着书，这样念到：让我重新介绍一下我自己，大家好，我是李诞。

谢谢大家。

（合上书，下台，离开。必然有掌声，我相信所有人出于善意与困惑，一定会鼓掌给我。）

我将走下舞台，穿过人群，走向我的朋友们，我可能会隐约听到打拳击的老板说，"没想到你还真念了，可以可以。"

另有朋友过来给了我拥抱，是谁要看当时的情况。

我心情很激动，很开心，我也给了很多人拥抱。我把书丢在吧台上，开了酒。放起了音乐，散场的观众出来看到我不再合影，有的也过来给了我拥抱。我很开心，那种天下大同的感觉又来了。我们喝酒，开玩笑，有人说，蛋总这书是不是太薄了。有人接茬，他这个写法，写厚了，不是他吐血就是看的人吐血。有人没喝几口，果然向我吐露心事，我一件都不记得了，但那情绪我记得，那一摊。我给不了什么建议，但我们交换了情绪。讲得出口的道路没人会走，我们只是彼此消化。我今天在台上做的事也没人会记得我说了什么，但会记住这气味，这一摊。

我喝了几杯，怕醉倒在路边就赶紧回家。走路回家大概需要二十分钟，我迈开腿走，脚踏实地，我看路灯，看其他喝醉的人，一路上没掏出过手机。我感到跟天地融为一体，我就这么走着，出汗，笑，我感觉自己是无敌的，什么都不能伤害我，我走，我很快就要到家了，门口的保安冲我笑,楼下野猫也认出我来想看看有没有给它带吃的,今天没有明天再说,我上了电梯,光很冷,我照照镜子看到自己,笑得有些累了,电梯门开,我来到了家门口,我站在了家门口,走廊灯没开,我就按开那走廊灯,光还是很冷,我听到自己在叹气——全回来了,我重又感到空虚。

我就是这样一个东西。

十五

我推开门,耷拉着脑袋。

秦典说,"你去把书念啦?"

我说,"对。"

秦典说,"怎么样,很开心对不对。"

我说,"太开心了,超级开心,可是一路走回来……"

秦典说，"又没那么开心了，你书里都写了，我都读过了。其实我那天摸完你的心脏就偷偷看了你的书，你的心脏确实是不跳了，现实中实在没法解释这件事，我就看看小说里是怎么回事。"

秦典从我手里拿走这本书，翻开这一页，接着念起来。

"接下来你会问我，为什么摸到了不说，我会告诉你，因为其实在你发现之前我早就发现了，它早已停跳多时。你想问哪一天，想了一想因为害怕答案不再问了。我看这本书的目的，就是想看看你是几时发现的。"

我坐到沙发上，捂着胸口，看着秦典站在灯下，念着我写的书。

秦典的脸像冰山一角，她接着念，"你坐到了沙发上听我念你写的书，看我的脸像冰山一角，又回想起自己的一套理论，想到之后种种都是给之前找的借口。你在回忆我们如何在一起，如何结婚，你回忆你在烧烤摊写下那一大段向死抱怨的话是什么情况，你即将脱口而出——"

我脱口而出，"——对不起。"

秦典接着念，"我回答你，没关系，我完全能够理解。你一次一次攻击自己，不停被自己打败。我有时候看着你，像看到一个环，用这本书里你跟你旧情人说的话来形容，就是你在打圈。可是——我必须说，我挣脱你的书也要说——你这是在你写的小说里揣度我，宝贝，我看着你从来没看到过什么环，我才不管你跟你旧情人说了什么屁话，我始终认为你是世上最好的人，包括男人女人。"

我站起来，注意到死亡回来了蹲在角落，我伸手去拿纸巾擦走路回来出的汗。

秦典说，"你拿什么都像是拿酒，我以前就这么觉得但这是我第一次这么说。"

我说，"只有你觉得我好。"

秦典接着念，"不——我要按照早已写定的一字一句安慰你——很多人都觉得你好，至少那些早就困得不行，自己也不喝一口酒却守着你喝，听你说话的朋友，也这么觉得，我们都觉得你很好，即使不是世上最好。这要看跟谁比，你总跟悉达多比，跟耶稣比，怎么做得到呢——当然，我觉得如果你足够牺牲，也做得到，可是没人说应该做到啊，没人说应该牺牲啊——你看看你在这里写了什么，我全部看不懂。你这混账这样写道：应该牺牲，这世界上是有应该的，那绝对的价值，真正的美，天上的法，涅槃，道，柏拉图的圆，德谟克利特的原子，爱因斯坦含恨的公式，一定是存在的，我们是应该向着那绝对去使劲的，我们向着它动就足以证明它存在甚至可以让它从不存在到存在。"

我听得难受尴尬，又出了好多汗，我不想承认这是我说的，不想被人看到这一切幼稚。

死亡耳语，"来不及了，我也看了你的书，你还有一段祷告没做。祷告我可听得太多了，好多人见我前都来这么一番没用的，不是你在结尾处这样编造，我真不想多听了。"

我被自己写的小说按在地上跪下，我如此祷告：

"天上的那位朋友，今天我为自己祷告，因为无缘